바람 불던 날의 기억

바람 불던 날의 기억

발행일   2025년 4월 30일

지은이   김병철
펴낸이   손형국
펴낸곳   (주)북랩
편집인   선일영   편집   김현아, 배진용, 김다빈, 김부경
디자인   이현수, 김민하, 임진형, 안유경, 최성경   제작   박기성, 구성우, 이창영, 배상진
마케팅   김회란, 박진관
출판등록   2004. 12. 1(제2012-000051호)
주소   서울특별시 금천구 가산디지털 1로 168, 우림라이온스밸리 B동 B113~114호, C동 B101호
홈페이지   www.book.co.kr
전화번호   (02)2026-5777   팩스   (02)3159-9637

ISBN   979-11-7224-612-9 03810 (종이책)   979-11-7224-613-6 05810 (전자책)

다사다난한 인생을 견뎌내며 살아온
어느 아버지의 인생잡기

바람 불던 날의
기억

김병철 지음

 북랩

여는 글

'자서전'이라기보다는 '인생잡기'가 제목에 더 어울릴 것 같다.

살다 보면 세상일이 이것저것 마음대로 되는 것도 없고, 한 가정사 역시 자신의 뜻대로 되지 않는다는 것을 너희들도 이미 다 경험했으리라 믿는다.

아무리 조건이 좋은 가정에서 자랐다고 해도 사람마다 각자의 생각은 다르고, 어느 정도는 상대의 의견을 존중한다 해도 수십 년간의 세월을 서로 이해하고 배려하는 것은 생각보다 그렇게 간단하지가 않구나.

숱한 고뇌와 타협, 양보가 섞여가며 살아가는 게 인생살이가 아닌가 싶다.

아버지란 지게가 생각보다 무거웠고, 때론 비틀거리기도 했다. 하지만 지금에 이르러보니 너희들이 자력으로 개척한 인생을 뚜벅뚜벅 걸어가는 것을 보는 아버지는 한편 미안하면서도 또 한편으로는 더할 나위 없는 행복감을 느끼고 있단다.

너희들은 아버지를 너무나 잘 알고 있지만 그래도 내가 살아온, 너희들이 모르는 어떤 삶들의 묻힌 부분들도 있을 수도 있으니 시간이 남을 때 한 번쯤 재미로 읽어보려무나….

2025년 4월

김병철

차례

인생잡기 - 자서전적 기록

;

    한 인간의 일생은 그가 살아온 연륜과 환경에 따라 천차만별이 겠지만 어느 누구의 삶이든 각자 나름대로 수많은 가지가지의 사연들로 점철되어 있을 것이다. 나의 삶도 척박한 산협(山峽)과 동해를 안은 좁은 지역에서 80여 년의 영욕을 되풀이하며 현재에 이르렀다.

    아무리 좋은 조건이 갖추어진다 해도 흘러가는 세월의 무게를 이길 수는 없을 것이다. 90년 가까이 살아온 나로서는 평균 이상의 수명을 유지했다고 할 수 있으나 언제 끝날지 또 어떠한 형편에 처해질지는 아무도 미리 알 수 없는 것이 또한 인간의 운명이니 내 어찌 미리 짐작을 하랴. 바라건대 내 주변과 자손들에게 큰 짐이 되지 않고 조용하고 깨끗이 마지막 인생을 마치면 무엇을 더 바라랴. 그리고 노후에 인간의 본성을 회복하지 못할 정도라면 억지 연명술은 오히려 고통일 것이기에 절대 시행을 거부하는 바이다.

이 기록은 자서전 형식이지만 내가 생각하는 것은 형식에 구애되지 않고 내가 살아온 시절의 나의 생각과 그 시절의 우리 주변 환경 등을 지금 시대의 사람들이 참고하는 자료가 되었으면 한다. 특히 그 시절의 젊은이들이 고민하던 과정 역시 지금 생각해보면 좀 웃기는 얘기 같지만 200세대의 마을에 전화 1대가 설치된 것을 큰 문화라고 느끼고 외지에서 전화가 왔다는 마이크 방송을 듣고 100미터가 넘는 거리의 전화기를 향해 달려가던 그때의 주민이었던 내가 주머니에 전화기를 넣고 사는 지금을 생각이라도 했겠는가?

지나간 지금 생각해 보면 웃을 일들이 많았지만 그때는 그런대로 심각한 현실을 나름대로 판단하고 실수와 성공을 번갈아 겪어왔던 내 인생사를 여기에 기록해본다. 자전거 1대도 어려웠고 호롱불로 밤을 밝히던 마을을 전깃불 넣고 수도를 가설하며 자동차 도로를 닦고 방파제를 건설하고 정치망과 멍게 미역 양식을 선도적으로 주선하여 민생의 생활을 향상시킨 당시의 일들은 그 시대를 아는 사람들이라면 이를 매우 높게 평가할 일이지만 세월이 흘러 인생이 바뀐 지금엔 늘 이렇게 살아온 것처럼 옛날의 흘린 피땀이 잊히는 게 안타깝지만 누가 세월을 이기랴. 역사는 그렇게 흘러가는 것인 것을. 남에게 보이기 꺼려지는 옛날 사랑 이야기도 남의 일이면 엿보고 싶은 사람들의 입가심으로 웃으면서 봐주길 바란다. 젊을 때는 나도 문학소년이었기에.

디딜방아

;

　내가 6살이 된 것으로 기억하는 나이에 엄마와 이웃집에 디딜방아를 찧으러 간 일이 있었다. 나는 그 당시 몸집이 크지 않았으니 무게도 별로였을 텐데 엄마는 나더러 방아를 밟고 있으라 했다. 처음엔 제법 딛고 있는 사이 엄마는 곡식을 방아 호박에서 퍼내고 있었다. 몇 분을 견디지 못하고 내가 한눈을 파는 바람에 방아가 그대로 호박에 떨어져 엄마의 손가락 2개가 찌그러져 피가 튀는 일이 생겼다. 그 후 나는 엄마가 어떻게 되었는지 별로 기억이 나지 않지만 엄마의 얼굴보다 손가락 깨어진 것만 나의 뇌리에 아직도 맴돌며 잊히지 않는 일이 되고 말았다.

　엄마가 돌아가신 날은 광복이 된 해 음력으로 1월 7일이니 내 나이 8살 때였다. 지금 애들은 8살쯤 되면 매우 영악스럽게 모든 걸 다 아는 듯한데 그때 나는 그 나이에 엄마가 돌아가셨는데도 엄마와의 추억이 별로 기억나지 않아 이상하게 생각하면서 생각나는 몇 가지를 적어보고자 한다.

그 당시 우리는 지금의 염장 정효각 부근에 논이 있었다. 그 시절은 참새가 워낙 많아 초가을 벼가 익어갈 무렵이면 집집마다 논과 들에 새보러(쫓으러) 가는 것이 일과였다. 내가 여섯 살 정도였으니 새를 옳게 볼 수 없어 큰집의 사촌 상철 형과 같이 보내는 일이 많았다. 상철 형은 나보다 2살이 위였으니 철이 조금 들기는 했겠지만 그래 보았자 겨우 여덟 살이었으니 얼마나 알까?

어느 날 점심을 먹으려고 봇물이 흐르는 논둑에서 밥 보따리를 풀다가 밥그릇을 물이 흐르는 봇도랑에 빠뜨려 밥과 반찬을 먹지 못해 집으로 돌아온 기억이 있고 한 번은 아버지 책상 위에 얹혀 있는 잉크병을 책상에 쏟아버렸는데 어머니 말씀이 너의 아버지에게 크게 혼날 것이라고 엄포를 놓는 바람에 삽짝(나무 등으로 집 울타리를 만들어놓은 것)에서 아버지가 집으로 들어오는 소리를 듣는 순간 나는 집 밖으로 달려나갔다. 우리 집 부근에 큰 가마솥 몇 개가 뚜껑이 덮인 채로 있어서 그 솥뚜껑을 열고 들어가서는 도로 닫고 바깥 동정을 살피고 있을 때가 오후 해 질 녘이었다.

집에서는 늦도록 아이가 들어오지 않자 어머니가 한 말에 아이가 겁을 먹고 나간 것을 알고는 부근에 살고 계시는 큰집 할머니와 더불어 걱정을 하면서 나를 찾아다니셨다. 나는 솥뚜껑을 빼꼼히 열고 보면서도 잡히면 큰 봉변을 당할 것이 두려워 겁을 먹고

숨었는데 아무리 부근을 찾아도 아이가 없자 할머니께서 혹시 저 솥을 뒤져보라고 아버지에게 말씀하시는 소리를 듣고 이제는 죽었구나 하고 벌벌 떨고 있는데 아버지가 덥석 뚜껑을 열어버리는 게 아닌가.

사색이 된 나를 찾은 아버지와 할머니는 와락 끌어안고 때리는 게 아니라 집으로 데려가 밥을 주시면서 다행이라고 하시는데 나는 어리벙벙하여 맞지 않는 것이 신기할 정도였다. 그 외 어릴 적 외가에 자주 갔던 기억이 어렴풋이 나기는 하나 워낙 어릴 때 일이라 희미한 추억처럼 지나갈 뿐이다.

그 후 어머니와 마지막 대면의 정확한 기억은 어머니가 돌아가시기 직전이었다. 아버지께서 어머니가 돌아가시기 직전 동생 월태와 나를 불러 얼굴이 부어 누렇게 뜬 어머니 앞에서 어머니의 손을 잡고 이제 어머니는 살 수 없다고 선언하시는 것을 듣고 얼마나 슬퍼했는지는 기억이 나지 않는다. 엄숙한 순간처럼 느낀 걸로 생각이 난다.

어머니가 돌아가실 때에 갓난아기가 옆에 있었다. 늦게 들은 얘기로 어머니는 그때 산후 며칠이 되지 않는데 시부인 할아버지가 음력 12월 29일 돌아가시고 상주로서 산후 며칠도 되지 않은 몸으로 추운 바깥일을 며칠간 계속하는 바람에 산후풍이라는 병을 얻어 8일 후인 이듬해 1월 7일 운명을 하였으니 지금 같으면 아버지를 비롯한 돌아가신 할아버지까지 외가에 의해 산모 인권침해로 사법 처리될 어처구니없는 일이 아닌가 싶다.

어머니가 돌아가신 날은 1945년 음력 1월 7일이었다. 내가 1938년생이니 만 7년, 집 나이로 8살이 된 것은 며칠 만이다. 내 위에 형이 한 명 있었다고 하는데 얼마 못 크고 죽었다고 한다. 그때는 보통 한 집에서 3, 4명은 키우지 못하고 죽었다고 하니 그럴 수도 있었겠지.

지금 생각하면 참 억울한 것이 어머니는 그때 나이가 33살, 아버지와 동갑이었다. 동갑이라 해도 경우에 따라서는 1년 가까운 차이가 생길 수도 있겠지만 그것도 정동갑에 가까운 어머니의 생일은 8월 12일 아버지의 생일은 8월 15일이었으니 시쳇말로 연상도 아니고 월상도 아닌 일상의 커플이었던 셈이다. 사인 또한 요새 같으면 감기 정도인 산후풍이라고 그때는 죽을 수도 있는 중세였지만 지금 같으면 병 취급을 받지도 못할 병마에 아까운 삶을 잃어버리고 그 수많은 후생의 고행이 시작되었으니 피차 운명의 복은 없었던 것 같다.

1945년 8월 15일은 광복절이다. 그 당시엔 해방된 날이라 했다. 그때엔 해방이니 광복이니 내가 알 것은 없지만 아버지가 신이 나서 동리 청년들과 떼를 지어 면사무소에 몰려가 당시 가장 악질이었던 병사계 직원이 일정 치하에서 징병 및 징용을 보내 이 땅의 젊은이들이 수없이 많은 희생을 당해야 했던 책임을 물어 능지처참을 해야 한다고 모두 풍물을 들고 치면서 행진을 시작했다. 우리는 그 뒤를 따라 구경을 하며 그때로서는 먼 십리 길 면사무소까지 따라간 기억이 있다.

일제가 무너지고 그 시절 조선은 경제가 매우 불안하고 인플레가 심해 하루에도 물가가 눈에 띄게 오르는 현상이 일어나고 있었고 해방 다음 해 아버지는 새어머니를 데리고 오셨다. 아홉 살인 내가 알 수는 없었지만 아버지는 20대 후반의 예쁘장한 아주머니와 여섯 살 난 딸 숙자가 딸린 새어머니를 우리 집에 입주시키고 어머니라 불러야 한다고 일방적으로 명령을 내리셨다. 문제는 동생 월태와 1살 차이인 숙자가 친모의 총애를 받는 동안 월태는 눈밖의 가시였음이 지금은 좀 다르겠으나 그때는 당연한 일이었고 모든 사람이 아는 듯 모른 체했다.

그렇다고 무작정 반항하기도 어려웠고 참고 지내기도 사실상 힘든 과정을 살아야 했다. 세월 또한 자꾸 나빠져서 지금까지 내 기억에 가장 흉년으로 기아에 허덕인 적은 1946년 해방 다음 해로 새어머니가 들어온 해였다.

당시 부잣집이래야 겨우 쌀을 조금 넣은 죽으로 연명하였고 소농이나 비농가는 초근목피로 연명을 해야 했다. 당시로서는 행정 기반이 부실하기 때문이기도 했지만 각 군마다 자기 지역 농산물을 다른 지역으로 반출하는 것을 금했기 때문에 경지면적이 적은 영덕군은 전 군민이 절량(絶糧) 상태였고 특히 해안 지대의 농지가 적기 때문에 좀 더 심한 편이어서 외지로 양식을 구하려 영양, 청송, 안동 등지로 출타하여 어렵사리 양곡을 조금 구해서는 밤에 도둑처럼 몰래 이동해 오고 있었다. 낮에는 지역마다 양곡 반출을 금지했기에 곳곳에서 검문검색을 하여 잡히면 생명같이 여기는 양곡을 몰수당하는 현실이었다.

마을 뒷산에 있는 큰 소나무는 모두가 하얗게 껍질이 벗겨졌다. 송기떡이라 해서 소나무 속껍질과 밀가루나 쌀가루를 조금 넣고 떡을 쪄 먹는 것으로 송기떡은 매우 맛있는 음식이었다. 절량기에 가장 먹기 어려운 떡이 있었으니 그것은 수수껍질 떡이었다. 그때 말로 수꾸재떡(수수재떡)이라는 것이 있었는데 그것은 주로 강원도 산악 지역 수수 생산지에서 수수알을 벗긴 첫 번째 껍질로 조금 보드랍게 빻긴 했지만 떡을 쪄 먹으면 변비가 워낙 심했다. 집집마다 아이들이 많이 먹었기 때문에 작대기로 아이들 대변을 파내야 하는 웃지 못할 일들이 벌어졌다. 특히 많이 먹은 어른들은 보이지 않는 곳에서 무슨 봉변을 치렀는지 나는 들은 바 없지만 가히 짐작이 간다.

그 무렵 아버지는 문중 여러 집을 살린답시고 논을 팔아 나누어 곡식을 사 먹고 나중에 갚으라고 했지만 사실상 인플레가 천정부지로 솟는 바람에 논 두 마지기 값이 반년 뒤 흉년이 조금 가라앉은 뒤에 문중으로부터 원금을 회수해보니 액수는 나누어줄 때와 같았으나 돈의 가치는 쌀 몇 되 값밖에 되지 않아 논만 그대로 날아간 꼴이 되었다. 농군은 굶어 죽어도 씨앗을 남긴다는 진리를 우리 아버지는 알고도 초월했는지 그렇다고 집안 누구 하나 그 외의 대책은 없었고 우리 집은 논 한 평 없는 빈농으로 밭 500평에 호구를 해결하는 비참한 형편이었다.

지금 생각을 해도 가족의 부양은 가장으로서는 무거운 책임이기도 했지만 어쩔 수 없이 같이 묶여 힘든 세파를 헤쳐나가야 할 공동 운명체의 무한한 책임 또한 피할 수 없었을 것이다. 그것이 가장에 대한 일차적 임무였기에 어느 누구도 그 책임을 마다할 수가 없었던 게 아닐까 싶다.

1951년에 새엄마는 석만이를, 1953년에 선자를 출생했다. 가족은 자꾸 늘어 일곱 식구가 되니 먹는 문제가 매우 심각하게 어려워졌고 아버지는 어려운 어업 선원으로 최선을 다하셨겠지만 그때 어업 형편으로는 식구들 밥 굶길 정도가 지극히 정상으로 간주될 열악한 수입이었으니 모든 가족이 고생을 아예 숙명처럼 여기고 살았던 게 그때의 우리 형편이었다.

나는 1945년 3월 축산항초등학교에 입학시험을 보러 갔다. 그때는 나보다 더 나이 많은 희망 입학생이 탈락하였으나 나는 입학을 허락받았다. 1학년 과정을 5개월쯤 다니고 있을 때 태평양전쟁이 일본의 항복으로 끝나고 학교가 폐쇄되는 바람에 학교생활은 끝을 맺고 말았다. 1947년경에 이웃 친구들은 고곡에 있는 초등학교와 영해 등지의 초등학교 그리고 마을에 있는 경신학원에 많이 다니고 있었다. 내 또래 친구들이 경신학원에서 가져온 숙제를 풀어주기도 했다. 지금 생각해봐도 좀 이상한 것이, 일제 시에 5개월 정도 일본 글을 배운 것뿐인데 국어며 산수 문제의 숙제를 대신 해준 것은 내가 생각해도 이상하기는 하다. 아마 그 이전에 짬쟁이 숙모에게 배운 산수의 구구단과 집에서 스스로 익힌 한글 등이 큰 바탕이 되었을 것으로 추측된다.

이제 나이도 많아지고 친구들 모두 학교에 다니고 나 혼자 집에서 놀기도 그렇고 해서 아버지를 졸라 학교에 가기로 승낙받고 마을에 있는 경신학원에 입교하고자 교문을 들어가는 길에서 교장 겸 교주인 신중모 선생님을 만나 입교를 문의한즉 쾌히 승낙하셨다. 나는 그날로 경신학원 학생이 되었고 1학년 자리를 잡았다. 그때 학원의 교과목은 성인 교본을 교육청에서 지원받아 국문 해득을 위주로 교육을 시키고 있었고 나는 이미 한글은 거의 알고 있는 터라 1학년 과정은 맞지 않아 입교 며칠 만에 2학년 과정으로 옮겼다. 당시 교실은 2칸이었고 1, 2학년이 한 교실을 쓰고 한 칸은 직원실로 사용하고 교원으로는 신중모 선생님 위주였고 다른 교원으로 유방우 씨가 힘을 보태고 있었다.

학원에 등교한 지 4개월쯤 지나서 학제가 다시 개편되었는데 학력과 이해력 차이가 심해 1, 2, 3, 4학년제로 4등분하게 되었고 나는 4학년에 편입되었다. 그해 가을 11월, 나는 평생 잊지 못할 고행을 겪게 되는데 그때 내 나이 10살 때인 경신학교 4학년일 때였다.

어느 날 교무실 부근을 지나는데 학생들이 모여 웅성거리면서 제비뽑기로 좋은 선물이 당첨된다고 모두 떠들고 있었다. 그때는 운동화나 공책 등의 기부품이 간혹 기증되기는 했지만 그 수가 워낙 적어 높은 경쟁률로 재수 있는 사람이 당첨되었다. 나도 기대를 걸고 참여하여 영광스럽게 당첨이 되었으나 재수가 지나쳐서 공책도 운동화도 아니고 영덕 교육청에 성인 교본이란 책을 타러 갔다 와야 하는, 행운 아닌 불운의 시작이었다.

이튿날 날씨는 흐리고 가랑비가 부슬부슬 내리며 기온이 10도 정도의 쌀쌀한 날씨인데 요즈음 의복이라면 견딜 만하겠지만 그때는 내의라는 것도 없었고 겉옷 그것도 홑껍데기에 배가 그냥 나오는 옷을 입었고 신발은 나무 신인 일본 신발로 불리는 게다였다. 동행은 나를 포함 4명이었고 모두 나보다 3살 많은 형뻘이었다.

우리 마을에서 쉬는재를 넘어 고곡에 이르러 신작로를 따라 영덕을 향해 걷기 시작하는데 차도라 해도 그 당시는 자갈길이 아닌 돌길인 데다가 게다를 신고 맨발에 30리쯤 비를 맞고 가는 도중에 영덕읍을 10리쯤 남기고 게다 한 짝이 두 조각으로 쪼개졌다. 이 때문에 게다 한 짝으로는 걸을 수가 없어 남은 한 짝마저 버리고 돌길을 맨발로 걸어 영덕까지 도착은 하였으나 저녁때가 되어 신 중모 선생님의 둘째 학식이가 인솔했던 터라 그의 친척 집에 안내 되어 하룻밤을 자고 가야 할 처지였지만 흙투성이 맨발 때문에 주인과 나그네 모두가 얼마나 어설픈 상면(相面)이었는지 지금은 기억이 희미할 뿐이다.

물로 씻고 들어가기는 했겠지만 이튿날 역시 맨발로 귀향을 하는 내 앞에 짓궂게도 가랑비가 오다 말다 하는 궂은 날씨였다. 젖은 돌 자갈길에 30kg쯤 되는 책 보통이를 둘이서 작대기에 걸어 어깨에 메고 목도로 해서 맨발로 걸어오는 고행이었다. 나 외의 세 사람은 1935년 동갑생으로 나보다 모두 3살이나 많던 나이였다. 어린 시절의 3살 차이는 매우 현격한 차이인데 어린 내가 그들과 같이 어울려 놀았으니 건방진 대가를 처참하게 치른 결과인 듯하다.

정욱이와 내가 한 조였는데 내가 맨발이니 걸음 걷기가 불편해서 오전 일찍 출발한 것이 저녁때가 되어 고곡에 도착할 수 있었다. 고곡에서 경정까지는 10리가 조금 못 되지만 깊은 계곡이고 중간에 공동묘지와 화장장이 있어서 어른들도 혼자서는 낮이라 해도 지나가길 꺼리는 곳이었다. 어두움이 깃드는 시간에 비도 오고 짐도 있고 해서 정욱이더러 집에 가서 부모님께 고하여 도움을 받자고 얘기한즉 겁이 나서 못 간다고 나더러 가라고 했다. 나는 정욱이 고무신을 내가 신고 혼자 어둡고 무서운 도둑 바위 골짜기를 어떻게 왔는지 정신없이 넘어와 정욱이 집에 알리고는 정욱이 신발을 내가 신고 왔다는 걸 잊고 전해주지 않아 이튿날 정욱이 아버지에게 심한 꾸중을 들어야 했다.

그 정욱이가 1956년 육군 제2 훈련소에 자원입대한다고 나와 또 한 사람까지 셋이서 가기로 했는데 별명이 쭈끼인(쭈끼는 아귀 종류임) 정욱이 1940년생이라 나이가 만 16세로 지원 연령 17세가 안 된 호적 초본을 내가 교묘히 수정해서 1937년생으로 고쳐 입대하게 한 사건이 있었으나 그때는 행정 조회 능력이 그쯤이었기에 가능했고 국가를 위해 국군 입대는 결코 나쁜 일이 아니니 문서위조 따위는 생각할 필요조차 그땐 없었다. 그 쭈끼가 훈련소에서 내 돈 3천 환을 빌려 쓰고는 그 아까운 훈련소 돈을 갚지 않고 저승길로 도망갔으나 내가 언젠가 그곳에 가면 꼭 받아낼 결심이 아직도 변하지 않고 있다.

그 이듬해 경신학원은 축산항초등학교 분교로 편입되어 우리 학원에서는 1, 2학년이 분교에서 수업하게 되고 나를 포함 5명만 본교인 축산항으로 가서 3학년에 편입되었다. 정규 학교 과정을 배우지 못한 나는 매우 다른 방식의 수업이었지만 첫 1학기에 53명의 재학 중 5등의 석차로 오른 뒤 2학기부터 졸업 때까지 1등을 놓치지 않았다. 그러나 결석 일수가 매년 50일 정도로, 그 역시 1등을 유지한 이유는 월세금 또는 기성회비 등 학교에 납부할 돈 때문에 월말이 오면 5, 6일간은 학교에 가지 못했다. 지금 생각해도 눈물이 조금 나올 만한 사연이었다.

1950년 6월, 13세 때 6·25 전쟁이 일어나 학교는 휴교하고 우리는 집에서 노는 재미가 많았지만 점령군은 우리 동네에도 인민위원회를 조직하고 아버지는 조직부장이라는 직함으로 부역을 하지 않을 수 없도록 분위기를 만들고 나는 어린 나이인데도 소년단이 란 아이들 단체에 가입하지 않고 청년들로 구성된 자위대라는 부 대에 편입되고 자위대는 마을 어귀에 초소를 만들고 2명씩 교대로 죽창을 들고 마을을 통과하는 외래인들을 검문 검색하는 일을 하 였다. 어린 나이라 이웃 동네 어른이라도 검문 검색하는 것이 신나 고 우쭐하여 그 재미야말로 대장이 된 듯하였다.

비행기 공습과 함포 사격하는 군함을 피해 여기저기 피난을 하 면서 3개월이 되자 쇠락한 인민군이 추석날을 기해 우리 마을을 거쳐 많은 인력이 후퇴해 갔고 우리 마을에도 마을 인민위원회 간 부로 있던 사람들과 인민군 의용대에 편입된 사람들이 부역 행위의 역공에 두려워 북으로 역 피난길을 떠났다. 그때 내 삼촌 부인인 짬쟁이 숙모와 아들 원철이가 같이 떠나 지금까지 무소식이니 아마 피난 중에 많이 죽었다는 소식의 진원지인지도 모르겠다. 짬쟁이 숙모는 얼굴에 검은 점이 많아 붙은 별명인데 당시 여자로서는 학 식이 많아 나에게 구구단을 가르쳐준 분이기도 하다. 그 시절 할머 니 어머니들 대부분 문맹이었으나 짬쟁이 숙모와 우리 어머니는 한 글 이상을 아는, 그 시절에는 개명 여성이란 칭호를 받았다.

숙모는 당시 마을의 여성회장을 맡았기 때문에 부역 행위에 대한 부담이 많았으리라. 그해 겨울이었다. 인민군이 북으로 후퇴한 뒤 북한군의 재침에 대비해 군이 주둔한 지역 높은 산 8부 능선에 군이 전투에 유리하도록 연결 통로를 파는데 주민들의 동원이 주기적으로 있었고 우리 집은 바다 어획을 해서 식구를 부양해야 할 아버지가 동원 대상이라 대신 13살 나이에 좁쌀 2되를 지고 마을 어른들과 같이 동원에 참가해 한겨울 언 땅을 파서 연결 참호를 설치하는, 소위 보국대라는 곳에 강제 동원되는 일이 여러 번 있었다.

다음 해 초등학교 5학년 때 내 키가 138㎝였으니 밖에서 보면 매우 작은 아이였을 텐데 어른들의 부역에 끼어 다녔다는 것이 지금 생각을 해보면 참 신기한 기억이기도 하다. 나는 초등학교 시절 친구들과 모여 공부한답시고 명태, 양미리 등의 고기를 훔쳐서 먹으며 술도 조금씩 먹는 아이였다. 그때는 같은 학반이라도 나보다 4살 이상 되는 아이들도 많이 있었기 때문에 담배나 술 먹는 일이 자주 있었고 정신없이 취해본 것은 초등학교 졸업을 앞둔 사은회 자리였다.

그때는 주로 탁주와 약주가 있었고 약주가 고급술이기 때문에 사은회에서는 약주를 사용했다. 내가 나이는 학반생 중 중간쯤이었으나 술 먹는 일 등은 늘 큰 아이들 편이었기 때문에 사은회를 주선하고 집행하는 일을 했고 그때는 학생 53명과 선생님 10여 분이 돌아가면서 한 잔씩 권하는 바람에 수십 잔을 마셨으니 취하지 않았다면 더 이상한 일이었겠지. 걸음걸이가 뒤뚱거리는 현상을 처음 경험한 것이 그때였고 친구 집에 끌려가 정신없이 자고 난 기억이 지금도 어렴풋하다.

초등학교를 졸업은 하였으나 중학교에 진학 못 한 나는 매일 나무 땔감을 구하러 산에 가는 것이 일과였다. 지게를 작게 만들어 지고 몇 시간이 걸리는 먼 곳에서 무척 무거운 땔감의 나무를 옮기는 데 거의 하루해가 걸리기도 했지만 날마다 밥과 군불 때는데 들어가는 나무를 감당하기가 힘들 정도였다. 그렇게 1년을 보내는 동안 난생처음 오징어 잡이를 경험했다.

아버지가 군사보국대에 끌려가고 오징어는 한창 잡히는 계절이라 내가 아버지 대신 배를 타보기로 했다. 저녁때가 되어 아버지가 타시던 범선을 타고 돛을 올려 바다로 나갈 때는 남서풍이 불어 멀미도 나지 않고 오히려 기분이 좋았다. 그런데 초저녁이 조금 지난 뒤 북동풍이 불어오기 시작했다.

우리 마을 지형상 북동풍은 범선이 출입할 때 매우 나쁜 영향의 바람으로, 일찍 조업을 포기하고 귀향을 해야 함에도 오징어를 더 잡아보려고 버티다 오징어는 겨우 20마리 정도밖에 잡지 못하고 배는 심한 북동풍과 파도에 밀려 아침 날이 밝았을 무렵에는 30㎞ 쯤 떨어진 강구항 남쪽 해상에 떠밀려 와 있었다. 기관 설치 어선 이었으면 그 정도의 거리는 30분 정도의 시간에 귀향이 가능하겠 지만 북동풍과 맞서 노를 저어 북으로 이동해야 하는 범선은 장정 9명이 교대로 죽을힘을 다해 노를 저어도 여간해선 고향집이 보이 지 않았다.

파도와 샛바람이 앞에서 몰아치니 길이 10m, 폭 4.5m 정도의 꽤 큰 나무배가 가랑잎처럼 흔들렸고 나는 아침 5시부터 저녁 4시 까지 10여 시간 이상을 멀미에 시달려 입에서는 파란색의 액체마 저 나오다 멎어버렸으나 오후 2시경 선원들이 오징어를 넣고 쑨 죽 을 한 접시 먹을 수가 있었으니 그 멀미 속에서도 배고픔은 참기 가 어려웠던가 보다. 그렇게 고생을 하고도 이튿날 모진 마음으로 다시 배에 오르는 용기를 냈던 것은 가족의 생계가 어린 나에게도 무거운 짐이었던 것이리라.

초등학교를 4년간 다니면서 잊지 못할 일들 가운데는 한 해에 47 일에서 50일 정도의 결석을 꾸준히 유지한 것으로 그 이유는 학교 에서 거두는, 기성회비라는 매달 내야 하는 공납금 때문이었다. 월 말쯤이면 기성회비를 마련하지 못한 나는 결석으로 우선은 모면할 수밖에 없는 것이, 미납생들을 불러 세워 납부 독촉을 하게 되면

몇 안 되는 미납자들은 고개를 숙여야 했고 다른 아이들 보기가
민망했던 것이다.

초등학교를 다니던 우리 동급생들에게 잊지 못할 추억 한 가지
는 6학년 어느 날 김형태 담임 선생님이 음악을 가르치시는데 곡
목은 '개미 이사'라는 곡이었다.

우리 마당 개미들이 이사를 한다
아롱아롱 햇님도 자러 가는데
어디메로 가는지 따라가볼까
에계 에계 요오기야 나무 밑이야

이 노래를 풍금을 두드리며 신나게 가르쳤는데 아무리 가르쳐도
끝자락이 선생님 마음에 들지 않자 한 사람씩 일으켜 세워 부르도
록 했고 틀리면 운동장으로 나가 열 바퀴를 돌리는 기합을 주었는
데 운동장으로 쫓겨나간 학생이 52명이었고 나 혼자만 합격을 한
일이 있었다. 이 기합 사건은 졸업 후 두고두고 동창 모임 때마다
되씹고 웃어보던 추억이었다. 내가 선생님이었으면 귀와 코를 잡게
하고 코끼리 돌림을 추가로 집행했을 줄도 몰랐으리라.

1953년 봄, 나에게 큰 변화가 왔다. 축산항 사람으로 박삼봉 씨

가 축산항에 고등공민학교를 설립했기 때문이다. 옛 초등학교 구교사 이층집을 빌려 개교를 했고 중학교에 진학 못 한 여러 사람들이 신입생으로 입학하여 개학을 했다. 처음부터 상급반인 2학년 반을 설치해 영해, 영덕, 병곡 방면에서 고등공민학교에 다니던 학생들을 2학년에 편입하고 나와 더불어 처음 입학한 학생들은 1학년에 편입되었다.

그때의 중등학교 조회 운영 방식은 군 편제와 같은 대대 중대 등의 명칭으로 전 학년의 지휘는 상급생 중 반장이 대대장을 맡았고 1학년 반장인 나는 중대장으로 조회를 치렀고 당시 1학년에 여학생은 모두 5명으로 지금도 서로를 염려하는 정도의 정은 가지고 있으나 자주 만나지는 못하는 편이다.

2학년이 되자 새로 입학하는 신입생을 입학시키기 전 그래도 명분상 입학시험을 치른다고 선생님들이 바쁘게 설치는 과정에 나는 선생님을 대신해 시험지 등사 및 치른 시험지 채점 등을 도우며 선생님들과 같이 걱정하고 발전을 위해 노력을 했다. 사립학교는 학생 수가 어느 수준은 유지해야 하는데 우리 학교의 학생 수는 늘 들쭉날쭉하여 기성회비로 선생님들의 봉급을 줘야 하기 때문에 학생 수는 많은 변수를 주었다.

그다음 해 1955년 3학년으로 진급한 나는 전교생을 조회 때 지휘하는 대대장으로 선임되었고 어깨에는 흰 장식 줄을 감고 팔에는 완장을 끼고 꼭 군대의 의장병 같은 복장을 꾸며서 학교생활을 했으므로 다른 학생의 부러움의 대상이기도 했지만 불편한 것도 사실이었다.

고등공민학교 3학년이 중학 3학년과 같은 수준의 교육과정이지만 나는 벌써 18세의 고교 3학년 정도의 나이인지라 학교를 마치고 집에 오면 마을 처녀들과 저녁마다 몰려다니며 유행가도 배우고 이웃집에 맛있는 고기가 있으면 친구들과 서리도 해서 숨어가며 먹는 재미에 넋을 잃기도 했다.

3학년 2학기가 되자 학생들이 하나둘 정규 중학으로 전학을 하고 결석을 하는 학생도 많아 학교 운영이 매우 어렵게 되었다. 휴교 1개월 등 몇 번의 위기를 넘기다 1955년 11월 결국 학교가 문을 닫았고 나는 그곳마저 졸업을 하지 못한 채 학업을 중단해야 했다. 선생님들과 폐교를 막기 위해 학생들을 동원하는 데 많은 노력을 기울였으나 학교를 다시 일으키는 데 실패하였고 정든 선생님들과 안타까워하며 이별을 해야 했다. 학생으로 선생님들의 급료를 걱정하며 학생들을 독려하고 힘을 기울인 축산항 고등공민학교는 그래도 중학교에 진학 못 한, 나와 비슷한 수십 명의 젊은이들에게 중학 과정을 공부할 수 있는 기회를 주어 크나큰 혜택이었기에 나는 지금도 박삼봉 기성회장님께 마음으로 고마움을 느낀다.

그 당시 우리 반 여학생 5명 중에 기성회장님의 딸이 있었다. 경제 환경으로는 중학교에 보낼 형편이 충분한데도 고등공민학교에 넣은 뜻은 높이 살 만한데 그 딸이 얼굴은 예쁘장하나 좀 가무잡잡하다 하여 깜배기라고 남자애들이 별명을 붙여준 그 처녀는 내 친한 친구가 그 애를 좋아했고 그 아이도 싫지 않은 사이로 추억을 간직했었으나 지금은 어디서 살고 있는지 잘 모르고 있다. 나도 다섯 명 중에 꽤 예쁘고 공부도 잘하는 여학생과 오빠 뭐 어쩌고 하는 일은 있었으나 지나간 먼 옛날의 희미한 추억으로 남아 있을 뿐이다.

학교는 폐교가 되었고 할 일은 없고 매일 마을 처녀들과 어울려 먹는 일 노래하며 노는 재미로 몇 개월을 보내고 1956년이 되었고 나이는 19세 어중간한 놈팽이가 되어 있었다. 새해가 되고 나이가 한 살씩 늘어가니 친구들이 도시로 친척들을 찾아 취직을 간다며 큰 꿈에 부풀어 있었으나 갈 곳이 없는 나는 그들의 가는 길을 부러워하며 몇 달을 보낸 뒤 큰 결심을 하게 되었다.

어딘지도 모르지만 도시에는 화려한 생활이 이루어진다는 막연

한 꿈이 맴돌고 친구들은 그곳을 찾아 하나둘 떠나는데 내가 여기서 썩어서는 안 된다. 지금 생각해보면 촌 소년의 그럴싸한, 어설픈 희망이었다. 어디론가 외지로의 탈출을 마음속으로 저울질하던 어느 날, 집에서 아버지가 쌀을 사기 위하여 돈 4천 환을 어머니에게 맡기는 걸 자는 척하면서 보게 되었고 어머니가 그것을 어디에 숨기는지 신경을 모으고 지켜보다 밤이 깊어진 후 그 돈을 훔쳐 책 몇 권을 들고 자주 가던 친구 집에 가서 뜬눈으로 밤을 새운 후 새벽 일찍 사촌 형이 산다는 대구를 향해 탈출을 감행했다.

그때는 마을에서 그런 일들이 종종 있었고 우리는 그런 행동을 두고 도망간다고 했고 그걸 부러워하기도 했으나 며칠이 지나면 그 도망꾼이 도망에 실패하고 다시 돌아와 있는, 그야말로 도루묵 현상이 성공보다 많은 것이 그때의 형편이었다. 부푼 꿈을 안고 고곡까지 배웅해준 친구들과 작별하고 버스에 올라탄 후 구름 같은 꿈을 꾸며 처음 보는 포항을 지나 대구에 도착해 대원 형님 집을 찾았다. 취직을 부탁하는 촌 동생이 반가울 리 있으랴만 워낙 살기 어려운 시절이라 취직은 시켜줘야 할 텐데 자리가 있어야 말이지. 며칠을 눈칫밥을 먹다 보니 이래선 안 되겠다 생각하고 형님께 얘기도 않고 서울행 기차를 타고 있었다. 처음 타본 기차가 밤의 어둠 속을 덜컹거리며 달리는 속도감과 차 안에서 웅성대는 많은 사람들 속을 이리저리 구경하며 새벽이 되어 서울역에 도착은 하였으나 오라는 사람은 없고, 갈 곳이 어딘지도 모르는 도망의 종착지에서 화려한 서울 모습과 복잡한 길거리를 이리저리 걸어서 남산도 올라보고 한강변도 걸어보며 일주일을 배회해도 안주할 곳을 찾지 못해 부끄러움을 감수하고 귀향을 결심해야 했다.

그 당시 무얼 먹고 어떻게 지냈는지 지금은 희미한 옛일이 되었고 내 인생에 처음 실패한 가출이었고 불명예스럽게 집에 다시 돌아오게 되어 부모님께 얼굴 맞대기가 죄스러웠다. 도망도 실패하고 할 일은 없고 집에서 빈둥거리던 차에 마침 1935년생 8~9명이 징집영장을 받아 집집마다 만선대라는 긴 장대에 깃발을 달고 사실도 아닌 듯한 입대를 축하하고 무운장구를 비는 문구의 만장을 달아주는 풍습이 있어 마을이 시끄러운 편이었다. 그때가 휴전협정이 체결된 지 3년째여서 군에는 엄격한 통제와, 또 언제 전쟁이 재발할지 모르는 불안감이 깃들고 있었다.

가출 후유증으로 불안한 생활을 하던 나는 이 기회에 군에 자원입대하기로 결심하고 동료를 찾던 중 경신학원에서 영덕까지 고생을 함께한 인연이 있는 이정욱이 같이 지원키로 했으나 나이가 나보다 3살이 많은 놈이 지원 미달인 16세로 실제 나이보다 6살이나 어리게 출생신고가 되어 있어 지원 대상이 되지 못한 걸 내 손으로 호적 초본의 생년을 지우고 17세로 수정하여 입대 수속 기관에

제출하여 거뜬히 입대할 수 있도록 해서 1956년 6월 12일 육군 제
2 논산훈련소에 입대하게 되었다.

고된 훈련에 비해 식사량이 너무 적어 배고픔을 참는 것이 제일
어려운 일이었으나 나는 제일 어린 병사라 소대원들의 도움으로
별로 어렵지 않게 훈련을 할 수 있었다. 다만 비가 자주 오고 무더
운 논산의 한여름을 무척 어렵게 보내고 8월 12일 기초훈련을 마
치고 다행스럽게도 2기 보병 훈련이 아닌 특과로 분류되어 헌병학
교에 입교할 수 있었다.

재미있는 얘기로 당시 배출대라는 특과병들의 임시 대기 부대가
있었고 2천여 명이 군의 모든 부서로 차출되기 전에 한곳에 모여
있던 중 헌병학교에서 300명 인원 차출을 위해 전원을 연병장에
모아놓고 고등학교 이상 학력자만 따로 나오라고 하니 초등학교 졸
업, 중학교 졸업자도 너나없이 1,000명쯤 모였는데 그 자리에서 시
험을 치른다며 백지 한 장씩을 나눠주고는 한문으로 본적, 주소,
계급, 군번, 성명을 쓰라고 했다. 이것은 진짜 정확한 시험이었다.
졸업증명서가 없어도 판단하기 무척 쉬웠으리라. 나는 고졸은 아
니었지만 한문을 조금 공부했기 때문에 다행스러운 문제였고 무사
히 헌병학교에 입교했다.

2개월 고된 훈련을 거쳐 그때는 그래도 조금 으스대던 헌병으로 전방 부대인 7사단에 배치되어 3년 가까운 세월을 보내면서 나에게 많은 변화를 가져온 젊은 시절이었음을 지금도 잊지 않고 있다. 동기생 5명이 찾아간 부대는 강원도 화천군 사창리에서 한참 북쪽인 상실내리라는 곳으로, 민가는 전혀 없고 군인들만 오가는 오지 산골짝에 부대가 자리하고 있었다.

헌병부대라 중대본부에는 사단 내에서 범죄를 저질렀거나 도망을 하다 잡힌 잡범들을 가두는 영창이 있었고 우리 신병들의 첫 임무는 영창의 보초 근무였다. 그곳 영창 보초의 주 임무는 밤에는 입창자(죄수)들의 도망 방지가 주 임무이고 낮에는 그들을 인솔하고 산에 올라가 식당에서 사용하는 땔감을 운반하여 부대 취사장에 보급하는 일이 부대 신참이 하는 주된 일이었다.

그러다 순찰소대 서무로 발탁되어 영창 지킴이를 면하게 되었고 6개월 후쯤 우리 부대가 인제군 소재지인 인제로 이동하여 인가 가까운 곳에 부대가 주둔했고 다시 1년 후 인제에서 20리쯤 떨어진 원통리로 다시 부대를 옮겼으나 원통리 마을 옆 벌판에 우리 손으로 막사를 짓고 입주하는 데 몇 개월은 걸렸다. 그때 나는 조사과에서 근무했고 주 임무는 도망병이나 기타 범법자들을 조사하여 법무부에 송치하는, 사회 같으면 검찰 업무와 같았다.

사무실에는 조사 작전 2과에 10여 명이 근무하고 있었고 공식 근무가 끝난 5시 이후에는 각자 자기 취미 생활을 할 수 있는 여유가 있었는데 10명의 과원들 모두가 나이는 나보다 3살 정도 많고 학력이 고졸 이상 대학 재학 중인 사람들이라 그들과 대화하는 과정에 내가 좀 밀리는 듯 자격지심이 생기기 시작했다.

고민 끝에 시내 서점을 찾아 고등학교 교재를 사서 과원들 몰래 공부를 시작했고 소설과 현대문학, 잡지 등을 닥치는 대로 읽어 상식을 넓히는 일에 힘을 기울였더니 몇 개월 후에는 나름대로 과원들과 어울리는 데 주눅이 들지 않고 대화가 가능해졌고 당시 내가 범죄수사관으로 보직을 옮겨 헌병대의 가장 요직을 수행할 수 있었다.

당시는 육군 보병부대의 보급 현황과 전방 부대의 교육 및 사역 등 계급 간의 인격적 대우가 열악하여 도망병이 수없이 발생했고 후방에서 잡혀 우리 부대로 옮겨 오는 인원이 늘 영창을 가득 채우고 있었다. 나와 또 한 사람의 조사관은 그들의 도망 사유와 잡힌 경위를 조사하고 경중을 감안해 그들의 근무 부대로 복귀시키기도 하고 사단 군법회의에 회부시키기도 하는 결정을 매일 반복해야 했다.

원통리 주둔 시 우리 사단은 동부의 아주 넓은 지역을 경계하고 있었기 때문에 매일 그것도 밤에 교통사고 또는 오발, 폭행 등의 인명과 군기 문란 사건이 생겼고 사고가 나면 밤이나 낮이나 백차라는 전용 지프차를 타고 현장을 찾아 인명 구호와 사고 현장 조사 후 정리하는 일을 하다 보면 새벽까지 잠 못 자는 일이 비일비재하였고 그럴 땐 낮에 조사 보고서를 참모에게 보고하고 방공호 같은 곳에서 잠을 자기도 했고 사건 사고가 없는 날은 일과 시간임에도 탁구장에서 운동을 할 수 있는 여유를 가지기도 했다.

당시의 사건 보고 직계통로는 과장과 헌병참모를 거쳐 사단장에게 직접 연결되는 과정이었다. 사고 없는 주말이면 부대 앞으로 흐

르는 한탄강가에 나가 물놀이도 하고 주변 장삿집에서 술을 마시면서 재미있는 놀이도 가끔은 즐겼다. 당시 나는 수사 업무와 정보 업무를 겸하고 있었고 사단 2급 비밀 취급자로 북한의 정보 보고도 늘 접하고 있었고 원통리가 군인 외출 지역이어서 특별한 경우엔 군인 출입 통제계획도 수립하여 작전과에 넘기면 순찰 소대 헌병들이 술집과 어지러운 장삿집 등 곳곳에 헌병을 배치하고 군인들의 출입을 통제하여 상인들이 못살겠다고 아우성을 치게 하는 경우도 가끔 있는 일이었다.

주말 어느 날 진부령 등성이에서 곧고 잘 자란 나무를 보다가 문득 떠오른 생각 하나.

해발 ○○○m
지프차마저 지렁이처럼 기고 있다
옛날엔 토끼가 여기 구멍을 뚫고
이 능선을 타고 넘었을 게다
우거진 숲이 인간의 욕심에 그 자손을 잃고
어느 집 모퉁이에 또는 어느 집 아궁이에서
언제나 앉을 줄 모르는 기둥이 되고
영원히 재생 못 할 재가 되어
포근한 봄비 소리에 옛 추억을 속삭이고

삭풍에 몸 사리던 겨울의 이야기며
토끼길 넘나들며 지껄이던 사람들의 말을 흉내 내며
그때에 자손을 뿌리고도 만나지 못하는
옛날의 집 그 험한 고갯마루 진부령을
오늘도 그리며
울고 있을 게다

1959. 1. 26.

　일과를 마친 후 우리 부대원들의 시간은 각자 취향에 따라 다르
겠지만 사무실 근무이기에 너나없이 일기를 쓰고 시를 짓는 흉내
를 내는 놈, 문학 잡지를 보면서 어설픈 이론을 토하다 핀잔을 주
고받다 술자리로 끝을 맺는 경우가 많았지만 분위기는 건설적이었
다. 군무를 치르면서 남이 하는 흉내를 내며 생각나는 대로 적은
것을 몇 개 적어본다.

　오늘은 정월보름
한없이 둥근 달이 산 위로 튀어 솟고
아니 바다 위에 던져지고
청춘은 오로지 이날을 위하여 살아왔다는 듯이
저마다 즐기는 바로 오늘이

정월보름 달 둥글게 뜨는 날

어느 예부터 흘러온 풍설에 젖어

찹쌀에다 대추를 조금 넣고

일곱 짐 나무꾼의 고달픈 하소연이

일곱 그릇 찹쌀밥에 봄눈 녹듯 사라지는

기특한 풍속이 오늘을 두고 흘러왔다

세상 모두가 꿈에 젖은 이 보름날

또 하나의 생명은 덧없이 던져졌다

육중한 힘이 가슴을 누를 때

두 눈을 부릅뜨고 괴로운 신음 소리

거친 사자의 숨결과도 같았으니

못내 그리운 동공에 아로새겨진 고향의

손꼽아 기다릴 부모와 처자와

그리고 예뻐한 분이의 오빠 자랑도

너무나 막연한 슬픔을 모르고 대추 찰밥 지어놓고

오빠는 이 밥을 그리며 고향 생각할 게다

그러나 아! 너무나 먼 거리의

야속한 운명의 갈림길에 선

참으로 가엾은 하나의 생명은

아지랑이 노을 지는 산등성이 저 넘어

달이 기지개를 펼 때

영혼은 누구를 위하여

차디찬 육체를 안고 울고 있느뇨.

1959. 2. 22. 보름날 교통사고 현장에서

자의 반 타의 반으로 떠밀려 입대했고 영욕이 처절하리만치 많고 많이 쌓였겠지만 누구든 제대한 청년들은 초년병 시절 배고픔과 이를 악물었던 힘든 기합의 나날들과 고달픈 생활은 1년이면 몸에 익어 환경에 적응할 무렵이 되면 오히려 자기가 다음 신참을 괴롭히는 자리에 서 있는 걸 깨닫게 되고 그 잘못된 신병 학대가 자기가 누릴 권리쯤으로 착각을 하면서 한 일 년쯤 지나면 제대가 되는 것이고 그래서 사회에서 만나는 군 출신 제대자가 모인 자리엔 언제나 자기가 제일 잘나고 신나고 졸병을 골탕 먹인 상관인 척 자랑을 하게 되는 것이고 그래서 군대에서 잘 안 나간 사람 어디 있느냐는 모두들 자기를 위안하는 데 열을 올리는 일이 비일비재한 것으로 알고 있다.

나도 그 범주에서 벗어나지 못한 것 같다. 내가 군 생활을 하면서 그래도 군단장 표창을 받아보았으니 내가 진짜 농땡이는 아니었고 고통과 재미와 사연 등이 점철된 헌병수사관 생활을 끝으로

만 3년의 군 복무를 마치고 1959년 5월 15일 '인제 가면 언제 오나 원통해서 못살겠네'라는 구전동요가 있는 인제군 원통리 주둔 부대와 그 주변의 산과 사람과 겨울 산하의 눈처럼 쌓인 추억을 멀리하고 제대라는 명예 비슷한 자부심을 안고 귀향길에 올랐다.

고등학교 졸업장이 있었으면 보병학교에 가서 장교 교육을 받고 임관했으면 내 인생은 지금하고는 좀 달라졌을 것이었겠지만 이것이 바로 운명인걸.

나이 22세, 고향에서는 내 동갑 친구들이 아직 입대 영장을 받지도 못하다 그해 말쯤 모두 입대하는 형편이었고 우리 집은 동리 남쪽 끝에 있었으나 북쪽 산 밑에 쓰러져 가는 모습의 오두막집에서 살고 있었고 두 번째 어머니는 뇌졸중(중풍)으로 누워 일어나지도 못하는 처지였다.

아무런 대책도 없이 제대는 했지만 가정의 형편을 살필 만한 방법이 떠오르지 않았다. 우리 집에 개가하여 고생만 하고 살아온 새어머니를 이제 내가 나이 들었으니 모든 관계를 이해하고 다시 살아보려 했는데 어머니는 절망의 병에 걸려 오늘내일하는 상황으로 괴로운 처지에서 하루하루를 버티고 계셨다. 누워서 움직이지도 못하는 어머니를 간호한다고 열심히 병수발을 하는 중에 6월 24일(음력 5월 19일) 내가 제대한 지 한 달여 후에 어머니는 향년 38세에 숨을 거두셨고 48세인 아버지는 요즈음 같으면 첫 장가갈 나이에 두 번째 상처하는 불행을 맞게 되었다. 병이 좋지 않다는 집안 어른들의 주장에 따라 쉬는재 너머에서 화장을 했다. 유족으로 아버지와 나 그리고 20살의 월태 동생, 19살의 숙자, 9살 석만이, 6살 선자로 식구가 많았다.

제대한 지 한 달 남짓 지나 어머니가 돌아가시고 집안일은 월태 동생이 맡아 처리하고 있었고 숙자는 이런저런 핑계를 대다 집을 아주 나가버렸다. 나는 하는 일 없이 마을의 친구들과 또래의 처녀들 사이를 그래도 군에 갔다 온 청년 행세하며 매일 어울려 다니는 무위도식꾼으로 시간을 보내고 있었다.

그해 추석날 명절 제사상을 차려놓고 비가 오기 시작하더니 억수로 세찬 비가 물동이를 들이붓듯이 퍼부었고 바람 또한 폭풍으로 불기 시작했다. 우리 집안 제사는 종갓집부터 순서대로 집집마다 돌아가며 지내는데 비가 워낙 많이 내려 올해는 각자 집에서 지내라는 큰집 어른의 전갈이 왔다. 그만큼 나들이가 어려울 정도로 비가 퍼붓고 있었기 때문이다.

이날이 그 유명한 사라호 태풍이었는데 그때는 기상예보가 없어 그 전날 오징어 잡으러 우리 동리 어민은 물론 동해안 전 어민이 바다로 나갔고 아버지 역시 바다에 나갔으나 조상이 살렸다는 말 그대로 그날이 추석이 아니어서 늦도록 오징어잡이를 했더라면 동해안 어민 대부분이 태풍에 희생되었을 텐데 조상 제사 지내려고 오징어가 잡히는데도 일찍 귀항하는 바람에 그 엄청난 태풍을 피할 수 있었으니 조상을 잘 섬기면 복이 온다는 옛말이 실감 나는 일이기도 했다.

그 사라호 태풍으로 영덕서 안동으로 가는 지품, 달산 지역의 오십천 강변 지역의 논과 밭은 냇물이 휩쓸고 가서 자갈밭으로 변했고 그 후 농민들의 발상이 복숭아나무라도 심었던 것이 소득이 오히려 논밭 때보다 나아져 지품면 일대가 영덕 복숭아 메카로 변하면서 소득상으론 오히려 전화위복이 되어 지금도 과수재배 지역으로 높은 생산성을 보이고 있다.

교회를 가다

;

    이즈음 나는 사랑이라는 묘한 감정에 불이 피기 시작했다.

    무인도는 선점하는 사람이 주인이 되는 법. 더욱이 예쁘기까지 하다면 동리에 우글거리는 총각들의 표적이 되기는 내리막의 돌처럼 당연히 이루어지는 법인 고로 미리 선수 치기를 작정하고 구애 후보군인 친구를 통해 그녀에게 편지를 전달하는 데 성공했다. 그녀가 교회에 다니는 점을 감안, 환심을 사려고 가정집에서 집행하는 예배에 몇 번 참석을 하여 기도문을 외우고 눌변으로 신도들이 좋아하는 문구를 써가며 열심히 교인 행세를 하고 때로는 놀이를 하면서 그녀를 점찍어 의식적으로 의사를 전달했기 때문에 싫어하지 않음을 좋아한다고 판단하고 넌지시 만날 것을 편지로 전달했던 것이다.

    처녀 총각 시절에는 다 그렇겠지만 이성으로부터 쪽지만 받아도 연애라는 기분이 들고 또 그러한 편지가 옳든 그르든 받아보고 싶은 마음은 지금의 처녀 총각도 비슷한 사랑의 감정이 아닐까? 그러던 어느 날 드디어 그녀와 시쳇말로 미팅을 약속하기에 이르렀는데 그 장소가 기가 막히게도 우리 집에서 그저 사랑하고 싶다는 어설픈 말만 늘어놓다 시원한 대답도 듣지 못하고 안녕히 가시라는 인사만 하게 된 이상한 데이트를 하게 되었고 그 후 끈질기게 대시를 한 결과 그 처녀는 결국 사랑을 하는 것이 아니고 사랑을 해보자는 애매한 대답으로 우리의 사랑은 시작되었던 것이다.

그 시절 우리 마을 형편은 논 2, 3마지기 가진 집이 보통이고 5마지기(1마지기는 200평) 정도가 준부자 정도로 여기는 형편인데 우리 집 사정은 밭이 4마지기 정도라 결혼할 본인이 문제가 아니라 부모가 굶주리는 문제 때문에 결사적으로 논이 많은 쪽으로 딸들을 출가시키려 한 것을 나무랄 처지는 아니었다.

사실 논이 몇 마지기 있다 해도 아들이 3, 4명이 되고 그것을 조금씩 나누어주다 보면 역시 다음 세대는 가난을 면치 못할 텐데 그 시절 처녀 집 부모들은 10년 앞을 보려 하지 않은 답답한 사고에 갇혀 있었다. 그때 그분들의 생각은 세월의 흐름에 따라 여지없이 무너졌고 그 시절 경제가 조금 여유 있다고 생각했던 가정의 자식들 대부분이 나락으로 떨어져 아직도 어려운 인생을 헤매는 현실은 많은 생각을 하게 하는 일이었다.

사람은 모름지기 인생의 출발점인 젊은 시절 연애를 한번 해봐야 할 것 같다. 연애라는 사랑 이야기를 모든 사람이 모를 리가 없겠지만 아버지 어머니 등 떠밀려 결혼했던 옛날 어른들은 사는 재미가 무엇인지도 모르고 그렇게 그러하게 살다 보면 자식도 낳고 가정생활도 꾸려지게 마련이지만 그래도 인생의 꽃인 젊은 시절 연인으로부터 받는 편지는 소름이 돋을 만큼 기다려지고 가슴 뿌듯하면서 다른 친구에게 자랑삼아 보여주고 싶기도 하고 또 사랑에 티가 될까 봐 고이고이 숨겨서 두 번 세 번 읽어보는 그 짜릿한 감정을 모르고 살아온 인생들, 너희들은 진짜 청춘의 사랑을 알기나 하느뇨.

요새 커플들은 폰으로 문자로 하루에도 몇 번이나 서로 확인하고 나이 삼사십 줄이 되어 뻔히 보이는 프로포즈라는 형식적 구애 작전보다 20대 초반의 청춘들 특히 부모의 절대적 권위 때문에 남녀를 불문하고 애인 집에서 중매쟁이가 드나든다는 정보를 입수하면 이건 앉지도 서지도 못할 안타까움 속에 중간 도우미를 보내 자초지종을 알아본 후에 중매의 상대가 별로라는 정보를 들어야 마음이 놓이는 그 시절의 일들이 이젠 피식 웃고 말 추억이지만 그때는 생사가 걸린 중대사였으니 사랑이라는 것도 시대에 따라 다르게 느끼는, 그럴듯한 젊은이들의 병이 아닐까 싶다.

동장 취임

;

    1961년 5월 박정희 소장의 군사혁명이 일어났고 두 달 뒤 나는 우리 마을 동장에 임명되었다. 박정희 장군은 내가 7사단 헌병대 근무 시 사단장을 거쳐 갔기 때문에 그의 가무잡잡한 모습을 기억하지만 혁명을 일으킬 줄은 정말 몰랐다. 그 시절 민주당이 4·19 혁명을 기회로 집권하고 민주당 신파와 구파가 내각책임제로 갈려 매일 소란스런 데모와 시위로 하루도 조용할 날이 없었기 때문에 차라리 군사혁명으로 사회를 강압적으로라도 조용히 만드는 것을 온 국민은 환영했던 것이고 당시 대통령이었던 윤보선 씨도 마침내 올 것이 왔다고 탄식을 했음 직하다.

    동장이라는 직책은 마을 행정 책임자이면서 동리의 어른이라는 구시대 의식 때문에 결혼을 하고 나이도 중년 이상이라야 존경의 대상이었지만 혁명 후 24살이고 결혼도 하지 않은 총각이 마을의 대표이고 어른 대접을 해야 하는 데 대한 반감으로 마을 어른들 가운데 임명 반대 기류가 있었으나 군사혁명의 비상조치법에 의하여 무조건 계엄하의 군사 행정을 집행하는 데 반대는 아무런 효력이 없었고 나는 군에서 3년간 행정을 경험해본 경험이 있기 때문에 누구보다 군대식 행정 문서에는 능했던 것이다.

당시의 면 행정 서류는 편지 비슷한 문투로 미주알 고주알 설명을 해도 정확한 내용은 애매하였으나 군사 문서는 간단명료하고 짜임새가 있어 상하 집행에 매우 효율적이었다. 혁명 동장 행정 중 가장 인상 깊게 남아 있는 일은 물론 새마을 운동이었다. 우리 마을의 교통에 가장 취약점인 달불재를 낮추는 일을 추진하면서 길이 50m 되는 고불길을 10m나 깊이 산을 깎아 낮추어 차도를 만들고 염장리에서 마을까지 2㎞가 되는 도로를 만들어 우마 불통 지역인 마을에 차가 들어오도록 한 일이었고 달불재 고갯마루에 수백 년 동안 민간 신앙으로 지켜오던 서낭당을 허물자고 동민들과 의논했으나 모두들 신의 저주가 두렵다며 주저하기에 내가 먼저 허물어 모범을 보여 사업을 추진했다.

그 후 마을에서 앉은굿쟁이(점밭이 할매들이 간단하게 차려 굿 형식으로 액운을 때운다고 주민을 현혹하던 행사)를 하던 할머니들이 유언비어를 퍼뜨려 달불재 서낭당에서 침을 얻어먹고 살던 서낭귀신들이 당을 허물어버려 갈 곳이 없게 되어 마을 제당 옆 수백 년간 서 있는 당나무 위로 피난 와서 동네 신당의 신들을 괴롭히고 있고 동네에 어려운 일들이 생긴다고 퍼뜨려 동리 노인들이 불안해하며 동장인 나에게 어떻게 할 것인지 추궁하기에 이르렀다. 나는 그 서낭귀신들을 다른 곳으로 모셔놓겠다고 약속하고 마을에서 신을 섬긴 경험이 많은 김 씨 노인(80세 정도)과 느름대라는 신대를 잘 잡는 손 씨(여) 노인을 초청해 점을 치고 손 노인이 느름대를 흔들며 서낭귀신을 데리고 서낭당을 차릴 만한 나무를 찾아 달불재 부근 산을 이리저리 찾아다녔으나 그때는 땔감으로 산에 나무를 거의 다 베어버려 마땅한 크기의 나무를 발견하기 어려워 한참을 헤매다 내 키만 한 소나무 한 그루를 발견하고 그곳에 서낭귀신을 안착시키는 행사를 하게 되었다.

제상을 차리고 건어포와 제물을 간단히 차리고 내가 집사로 탁주를 제주로 부었는데 재배를 하고 난 김 노인이 술잔을 부근에 조금씩 뿌리면서 서낭귀신을 향해 이놈 귀신들 다시 동네로 내려오면 죽여버린다고 욕을 해가며 윽박질러 나는 어이없어 김 영감님께 귀신을 모시러 와서 욕을 하면 어떻게 되느냐고 걱정스레 물었더니 김 노인 왈, 서낭귀신은 산등성 고갯길에서 지나다니는 사람들의 침을 얻어먹고 사는 귀신이라서 점잖은 얘기는 알아듣지 못하고 욕설을 해야만 알아듣는 아주 하층 귀신이라 하기에 그도 그럴듯해서 역시 사람은 오래 살면서 많은 경험이 필요함을 터득하는 계기가 되었다.

그 후 반년쯤 지난 뒤 시간이 있어 새로 정한 서낭당이 어떻게 되었는지 그곳에 가보았더니 어느 나무꾼이 서낭목을 땔감으로 베어 가버리고 김 영감과 손 노인이 그처럼 힘들게 찾아 차려놓은 서낭당은 달불재(달 뜨는 고개라고 우리가 월부령으로 이름 지어 부름) 고개에서 자취를 감추는 역사가 되었고 절개해서 새로 뚫어놓은 월부령 고개에는 가끔씩 혼인 행렬이 지나가며 절개지 부근 소나무 뿌리 등에 청홍의 천 조각을 달아놓고 지나가고, 우리는 그것을 보이는 대로 뜯어내어 흔적을 지워나갔다.

5·16 혁명 후 또 한 가지 잘한 일은 농어촌 고리채 정리 사업이었다. 당시 사채의 금리는 연 60%에서 120%였다. 그것도 매월 징수하는 계산은 사실상 엄청난 고금리였고 신용이 특별하거나 전답을 담보할 경우가 월 5%, 그렇지 못할 경우 월 10%이고 그보다 더한 달러 이자라는 고리채도 있어 나도 사채를 쓰고 갚아보았지만 한번 사채에 물리면 벗어나기가 별 따기만큼 어려운 것이 현실이었다.

마을의 몇 집을 제외하고는 그의 사채에 시달리는, 그야말로 죽지도 살지도 못하는 지옥이었고 그 사채를 놓고 즐기는 자본가가 마을마다 손꼽을 정도로 몇 명이 있었고 수십 세대는 그들의 사채에 묶여 제대로 먹지도 못하면서 번 돈을 사채 갚는 데 전력을 다

하면서 고달픈 생을 영위하고 있었다. 당시 혁명정부는 이 사실을 깊이 인식하고 농어촌 고리채 사업을 실시하기로 했다.

고리채 정리위원회가 생기고 동장이 그 위원장이 되어 고리채 신고를 받았는데 누구든 사채를 빌린 사람은 신고서에 내용을 기재, 신고하면 채무자는 채권자와 거래 관계가 끊어지고 국가에 채무를 상환해야 되고 채권자는 국가가 정한 연 18%에 1년 거치 5년 분할 상환을 받아야 하고 채무자도 5년 분할 국가 상환하게 되니 채권자와는 원수 지간이 될 정도로 서로 미워했지만 살고 죽는 문제인지라 채무자는 만세삼창이고 채권자는 내 돈, 내 돈 하고 울부짖는 세상이 되었고 그중 우리 집안 7촌 숙부 되는 분이 채권이 묶이자 술을 먹고는 내 돈, 내 돈 하며 울부짖고 다니며 골목 전봇대를 잡고 돈타령을 한 얘기는 오래도록 마을의 화제가 되었다.

그 후 사채는 없어지고 당시 생긴 마을 이동 농협이란 기구에서 채무자들의 농협 채무 등의 업무를 대행해주어 민간에서 성행하던 사채 행위가 없어지고 저리의 농협 신용거래가 생성된 것인 혁명정부의 길이 빛날 서민 경제 정책이었다.

1962년 6월 10일경이었다. 새벽에 면사무소 청부가 마을까지 내려와(당시는 전화가 없었음) 긴급히 면사무소에 긴급 동장 소집이라

는 전갈을 했다. 자전거로 면사무소에 도착했더니 오늘부로 화폐
개혁을 시행하니 모든 현금 거래는 중단하고 현금을 가진 사람들
의 신고를 접수하고 화폐를 회수하라는 명령이었다.

　당시 사용 화폐는 환으로 사용되었으나 개혁 화폐는 원으로 호
칭하고 10대 1로 축소되었고 1인당 500환까지만 50원 교환 화폐
로 바꿔주고 나머지는 은행에 예치되어 후일 천천히 환불해주는
방식이었다. 당시의 화폐단위는 천 환, 오백 환, 백 환 등이었으나
개혁 후엔 백 원, 오십 원, 십 원 지폐와 동전으로 바꾸어 쓰게 되
었는데 돈 가치로 보면 오십 원을 가지고 영해시장을 갔다 왔으니
지금의 가치와는 많은 차이가 있었으리라.

세 번째 어머니를 모시다

;

    우리는 이때 세 번째 어머니를 모시게 되었다. 어머니 될 분이 강구 부근 금진리에서 어떻게 마련된 건지는 아버지만 알고 있었고 시키는 대로 큰집 상철 형님과 같이 새벽을 이용하여 단봇짐을 들고 어머니를 인도하여 집까지 모셔 오게 되었고 그 후 집안 사람들에게 신고 후 같이 기거하게 되었는데 새어머니가 얼마나 열심히 일을 하는지 옆에서 보는 모든 사람들의 칭찬이 끊이질 않았다.

    여러 번 옮겨 살면서 세월을 보낸 탓인지 술과 담배는 보통을 넘었고 대인 관계도 화끈한 편이었다. 이 어머니는 구룡포 삼정리가 고향인데 일찍 결혼 후 자식을 생산하지 못해 소박을 맞아 이곳저곳으로 옮겨 가며 여러 곳에 가정을 꾸렸으나 마음대로 세상이 따라주지 않으니 자주 옮겨 다니는 편이었고 우리 집에 올 때가 네 번째였으니 많은 인생의 시련을 겪었을 것이겠지만 성격이 좀 격한 편인 아버지와도 여러 번 심각한 다툼이 있었고 집을 나가는 것이 여러 번이었으며 나와 아내가 몇 번 다시 모시러 가는 일들이 있었고 약을 먹고 죽는다는 이야기를 자주 하면서 위협을 해 우리는 매우 불안한 마음으로 모시었으며 나중에 아버지와 어장 이틀을 경영케 하고 우리는 부근에 집을 사서 부자가 독립 가정을 꾸렸고 어장 수입이 괜찮은 편이라 경제적 어려움은 없었으나 새어머니가 어느 날 아버지와 큰 싸움을 하고는 보따리를 들고 흔적 없이 나가버려 이골이 난 우리는 아예 찾지 않기로 하고 그냥 지나다 보니 어디에선가 다시 개가하여 살림을 꾸리다 결국 극단적 선택을 했다는 희미한 정보를 들었을 뿐이다.

늦도록 살았으면 우리의 효도로 노후가 불행하지는 않았을 텐데 아쉬움이 많았으나 그것이 우리 인생의 운명의 일부임을 어찌하겠느냐만 아버지가 60세라 별 아쉬움이 없을 줄 알았는데 후에 내가 60이 되어보니 인생은 60이 한창인 것을 젊을 때 모르고 어머니를 찾지 않은 불효가 늦게 매우 큰 아쉬움으로 남았다.

나는 누구보다 어머니 복이 많았는지 세 어머니를 생사간 보낸 후에 또 한 명의 어머니가 나타났다. 마을에서 잔술을 팔면서 우리 친구들도 가끔 들르는 술집 니띨레 어머니가 있었는데 나이는 아버지와 동갑뻘이고 술장사하다 자주 마셔 취하면 니띨, 니띨 하고 소리를 잘해서 우리 친구들이 니띨레집 어머니라 불렀고 그 어머니가 술에 취하여 나를 보면 병철아 내가 너 어머니다, 내가 너의 아버지를 좋아한다고 스스럼없이 말하는 그 어머니는 한마을에서 아버지와 같이 자란 오랜 친구였고 인생의 황혼길에 서로를 이해하는 사이에서 정이 오갈 만한 아버지 역시 풍류가 있으신 분이라 소리도 한학도 꽤나 조예가 있어 나이 많은 과부 할머니들을 잘 리드하는 편이었으니 하여튼 경제문제를 제외하곤 우리 아버지는 확실한 남자였다.

어떤 사람은 한 사람의 부인도 못 구해 애를 태우는 이가 있는데 계속 내가 부추겼으면 아버지의 부인, 즉 엄마의 수 기록에 도전할 수도 있었을 것을….

야학 미향학원을 개설하다

;

　우리 마을엔 그 시절 중학 교육을 받지 못한 청년들이 많았다. 군대 생활을 마친 나의 경험으로는 기초 영어라도 아는 것과 모르는 인생사의 차이는 생각보다 컸다. 그 경험을 바탕으로 뜻이 있는 친구들과 야학당을 열어 중학을 진학 못 한 후배들을 모아 동사무소에 미향학원이라는 그럴싸한 이름의 학원을 개학했다.

　학생이 20여 명이 되어 큰 기대 속에 나는 국사와 영어를 맡아 중학 기초 과정을 가르치는 데는 큰 어려움이 없었다. 그래도 성인 교육인지라 1년을 다 채우지는 못해도 학예회 비슷한 연극을 만들어 마을 주민을 모아 공연까지 하는 추억을 간직했고 후일 그때 배운 덕으로 사회생활에 보탬이 되었다는 동생 비슷한 후배의 고마웠다는 인사를 들을 때 보람 같은 것을 느꼈다.

　사랑을 연습처럼 해보자던 처녀와의 사랑이 시간의 흐름에 따라 이제 없으면 죽고 못사는 희한한 사이가 되어가고 있었는데 그 처녀가 삼촌 집의 여러 가지 사정에 의해 대구로 취직을 떠나게 되어 우리는 수백 리 떨어진 대구와 경정에서 하늘을 통해 그리워하는 연인이 되어 있었다. 누구나 그러하듯이 사랑하는 사이가 되면 서로가 서로를 염려하고 마음이 변하지는 않을까 걱정하게 마련이지만 우리의 경우는 대구라는 지역적 차이가 애인을 변심시킬지 걱정이 태산 같지만 마음을 다잡는 방법이란 지금 같으면 폰으로 밤낮 애소하든지 협박을 해도 보겠지만 통신 수단이 편지뿐인 그 시절의 구애 작전이란 읽으면 눈물이 나고 가슴이 뛰게 하는 구구절절한 편지뿐인지라 이틀이 멀다 하고 애간장을 녹일 문구들을 소설이나 기타 잡지 신문을 통해 주워들은 낱말들을 엮어 그녀에게 날려 보내는 방법밖에 달리 수단이 없었다.

편지란 자꾸 받다 보면 답장을 해야 한다는 의무 같은 것이 생기는 법인지라 네다섯 번쯤의 편지를 보내면 한 번쯤의 답장이 왔다. 공장에서 일하며 잘 있다는 것, 친구들과 잘 놀고 있다는 식의 생활 일편을 적어 보냈지만 사실은 애인의 연서 공세에 대한 악어의 눈물인지도 모르리라. 인생에서 연애하는 기간만큼 즐겁고 애달프고 묘한 심리적 갈등을 일으키는 일들이 그리 많지 않을 것이기에 나 또한 여러 증세를 일으킨 몇 가지 기록을 옮겨본다.

님에게

음력 설이 지났다고 하나 차가운 달빛이 싸늘한 감촉을 전해주는 밤이다.

문풍지를 울리고 지나가는 한줄기 북풍 속에 너를 그리워하는 내 가슴의 꿈을 실어 보내고 차가움도 감각할 줄 모르는 듯 모래알을 뿌린 듯이 하늘 가득히 담긴 별들을 헤아리며 초가집 추녀 밑 골목길을 거닐며 묵념에 잠겨 있는 내 발아래 조그만 그림자 하나 나를 지키는 듯 붙어 다닐 뿐이구나.

사람의 발이 끊어진 고요한 밤 간간이 들리는 바람 소리 속에 작년 늦가을 그처럼도 몸단장을 자랑하던 낙엽이 덧없이 굴러다니는 처량한 소리와 무엇엔가 놀라 짖는 개 소리만 귓전을 울려주는 적막한 밤, 사랑이 대체 무엇인가고 몇 번이나 물어보았으나 진정 사랑이 무엇인지 확답을 내리지 못한 채 서성거리기만 하는 나의 마음속에 천 갈래 만 갈래 흩어지는 잡념을 버릴수록 영롱하게 떠오르는 것은 죽어도 잊고 싶지 않은 너의 모습 그리고 하늘거리는 귀밑머리, 앳된 미소.

사랑한다는 것이 괴로운 것이라고 보고 듣고 온 나다. 그러나 이처럼 마음의 지향이 바로 서 있는데도 그저 아무도 없는 벌판 끝도 없는 길을 둘이만 걸어보고 싶은 심정은 언제

누가 물려준 병마인지 내 마음속에 소용돌이치고 있구나.

사랑 앞에서는 천하장사도 사슴처럼 부드러워진다는 말이 있지만 이처럼 내 마음이 약해진다는 것은 아마 너를 진정 사랑하는 내 마음일진대 이 마음속에 아직도 메꾸어지지 아니한 부분을 가득 채워놓을 수 있는 것은 다만 너의 성실한 사랑 그것뿐일 것이다.

이 밤 아마 어느 꿈의 세계를 방황하고 있을 너를 마음속에 불러보는 심정을 너그럽게 이해하여주길 바람이 내 소원이다.

검푸른 바닷가 조약돌이 물결에 휩쓸려 자기 몸조차 지탱하지 못하며 뒹굴고 있는가 하면 천만 년 변함없이 꿈틀거리는 저 바닷물처럼 비록 짧은 인생일망정 거칠은 세파에 두 마음 서로 모아 나는 너를 믿고 너는 나를 의지하여 마음의 낙원을 이룩해보자는 나의 욕심이 잘못이 있으랴만 요지경처럼 알 수 없고 믿기 어려운 세상의 풍파가 내 가슴을 후려쳐도 내 뒤에는 따뜻한 너의 손길이 어루만져주리라 생각하니 죽어도 여한이 없을 내 기쁨인 것을 오늘 처음으로 말하노라.

나도 인간이기에 더해지는 차가움을 면하기 위하여 따뜻한 이불속에 들어와보니 바깥세상은 거칠기만 하군.

오뉴월 남빛 하늘 아래 나래 한 짝 잃은 이 몸의 비참한 생애를 봉선화 꽃의 그윽한 향기에 묻고 자꾸만 사라져가는 세월의 틈 사이에서 안타까운 애수를 지녀야 할 먼 날 가을의 소슬한 바람을 생각나게 하는구나.

봄바람이 문풍지를 들추고 호롱불 위를 거닐 때 지금쯤 깊은 꿈의 보금자리 속을 오락가락할 너의 마음의 창에 귀를 대고 행복스럽게도 단잠에 취한 너를 바라보며 마음속에 지녀온 안타까운 23년 고이 간직해온 노래를 불러보건마는 너는 잠든 채 이 구슬픈 곡조를 감상할 줄 모르는구나.

한평생 같이 살자 굳은 약속은
수선화 피고 지는 개울가에서
분홍빛 노을 지는 석양을 보며
뜨거운 손과 손을 마주 잡았지

태산이 높다 해도 오르면 발밑
창해가 깊다 해도 모래 위이지
괴로운 인생사가 얼마나 길까

육십 평생 짧은 꿈이 가석하구나

가는 봄 오는 가을 서로 헤이며

씨 뿌리고 김 매자던 굳은 약속이
물거품 흩어지듯 꺼져버리면
누구의 품에 안겨 하소연하오리

추움에 몸을 떠는 겨울이 와도
뜨거움에 땀 흘리는 여름이 와도
우리 정성 서로 모아 화로가 되고
우리 정성 서로 모아 찬바람 되리

지난밤 꿈에
과거를 그리고 미래를 잊자고
포근한 미소 하나 얼굴에 지어주던
임의 따뜻한 음성 귀를 흔들 때
정열은 뜨거운
크고 맵시 없는 손과
인형처럼 예쁘고 조그마한 손과
꼭 쥐었던 기억이
머릿속을 물레처럼 자꾸 도는데
아무렇게나 던져버린
낡은 일기장의 귀퉁이에
튀어나오는

오! 님의 피지 못한
고운 웃음이여

이 밤이 지나도 해는 뜨고
이렇게 쉴 새 없는 일 초 일 초가 흐르면
화원에 꽃나비 넘나드는
꽃시절 봄이 온다기에
추움도 더움인 양 하염없이
가슴 가득한 꿈을 간직하고
멋없는 장식처럼 나는 기다릴 테예요

푸른 금잔디 속 잎 나고
개울가 버들게지 봄 꿈에 취하는 날
봄을 기다림에 아쉬웠던
모든 가시덤불일랑
아예 불태워버리고
저녁노을 서산에 곱게 물들 때
너는 꽃 보고 웃고
나는 너 보고 웃고
웃음으로 수놓은 낙원을 장만할 거예요

그래도 마냥 안타까움이
가슴 가득한 오늘과 내일이지만
곱다랗게 흘겨주는
님의 맑은 눈망울을
내 가슴 한 귀퉁이에 아무도 모르게
고이 간직하고 언제까지나 사랑할 테예요

세상 사람이 모두가 서러움에 겨워
저마다 흘린 눈물이
동해의 거센 바다라 해도
그 너머 순풍이 불어오는
봄의 고요한 바다 위에

님이 젓다 지치면 내가 저어
우리들 희망의 낙원까지
웃으며 노 저어 가야지요
콧노래도 구성지게 부르면서

1960. 2. 6.
(음력 1월 10일 생일날)

추억

;

첫봄의 신비스럽고 고요한 밤이었다.

또 붙잡을 수 없는 지난 시절을 그것도 내가 3년간 몸을 맡기고 일했던 원통리에서 보내진 1통의 편지를 읽고 지금도 마음에 뭉클거리는 기쁨인지 슬픔인지 이름 지을 수 없는 복잡한 심정은 나만이 아닌 추억을 가진 사람마다 느끼는 감정이리라.

콩나물과 두부와 건빵 그리고 화랑 담배로 쌓은 인연 이외에 기쁘거나 슬프거나 마음을 풀어주던 컬컬한 막걸리 그 이면에 맺어진 전우애의 눈물 나는 아름다움을 또 되씹어보아야 하는 것이 불우한 내 운명의 탓일까.

병철 전에

보내준 편지는 반갑게 두 번이나 읽고 이제야 답서를 쓰오.
군대라는 환경을 떠나 사회생활에 얼마나 재미를 갖고 지나
시오.
소생은 친우들의 염려 덕분인지 군대 생활에 과거나 현재를
막론하고 불증 불가만 그 생활이 소생의 생의 여음인 양 한
자국 한 자국 슬프게 지어놓으면서 해마다 나에게 교훈을
갖다주는 가을을 맞고 있소.
하늘 높고 대기 맑은 가을에 농부는 일 년의 농산물을 거
두어들이건만 오늘도 곰곰이 앉아 생각에 생각을 거듭하며
지난 자국을 회상하여보아도 거두어들일 것이라곤 하나도
없으며 후회 속에 세월은 흘러갔소.

인형은 제대도 크나큰 수확의 하나요, 사회생활 첫걸음에
갖가지 되지 않는 환경을 맛보며 보다 나은 행로를 설정한
다는 사실도 알기로써 어제를 반성하고 내일을 이상적 방향
으로 지향한다는 사색 자체가 얼마나 귀중한 인생의 첫걸
음이 되겠소.

짓궂게 내무반 생활에서 만나면 맞대고 앉아 군무에 임하

던 것도 일과가 끝나면 무단 이탈하여 쓴 막걸리를 나누던 시절도 이제는 꿈이요. 하기 싫어서 못 하는 것보다 그렇게 할 친우도 없고 근래의 내무 생활이 엄한 게 원인인지 나가고 싶지도 않으며 나가지도 못한다는 점이 오늘의 생활이며 이제는 자각적 생활 태도이지 아니면 연령이 가르쳐주는지 하지도 않고 살아가는 게 소생의 생태라 하겠소.

인형이 염려하여주던 사랑의 인은 가버렸소.
가야 하고 헤어져야 할 운명의 쇠사슬이었으니 이별의 석배를 들어야 했지요.

중대 내의 인사이동이란 별반 없으며 배 상사 안 병장 유한복 이창섭 문창선 이병훈이도 변화 없는 생활이며 오늘 김찬호 하사가 25사단으로 전속특명이 발령된 모양이오.
가을과 더불어 인형의 건투를 빌고 난필로 이만 전하오.

소생 보석 드림

주마등처럼 눈앞을 스쳐 가는 원통 거리의 화려한 상가 나달리 막걸리를 좋아하는 보석이 안 병장 배 하사 그들이 무사하다는 것으로 고맙긴 하다.

그러나 막걸리가 먹기 싫어서보다 배짱 맞는 하나의 벗을 잃어버린 그들의 침울한 표정이 새삼 눈시울이 뜨겁도록 담뿍 든 전우애가 고맙기만 하다. 내가 그처럼도 애써 염려해주던 그들의 사랑이 헤어져야 하는 운명이었다니 인간의 삶의 척도란 그렇게도 계산하기 힘들단 말인가.

눈을 감으면 찾아드는 푸른 추억의 여름.
화려한 단장의 가을의 추억 천사처럼 새하얀 겨울의 추억.
영원히 기억에 자리 잡을 아름다운 이 추억이여 길이길이 살찌어라.

1960. 2. 28.

그리움 1

마음에 이는 오롯한
지극히 안타까운 행복이 있습니다
무엇인지 분간하여
이름 짓기 어려운 안타까운
당신을 기다리는 약속 없는
혼자만의 고요에 쌓인 밤마다의

그리움이 있기에 행복한지도 몰라요

미풍이 문틈을 넘나들고

초롱초롱 그믐밤의 별들이

나의 방 안을 엿보는 밤이면

내 마음은 파랑새 되어

당신의 잠든 방 밖에서

고운 노래를 불러 당신을 잠재워보는 행복이

내겐 정말 행복한 행복인가 봐요

마음에 이는 오롯한

당신을 그리는 안타까움은

밤마다 밤마다 내 마음에

날개를 돋궈 당신을 찾아

어디론가 한없이 돌아다니게 해요

그리움 2

진정 그리웁기에

마음속에 너의 모습 그려보다

마음의 화판에

새겨지지 않는 너의 모습

천상의 무지개를 타고 넘는

선녀의 허리띠 눈흘림같이

수수께끼의 실마리인 양

못다 핀 재채기의 안타까움처럼

떠오를 듯 아쉽게

지워져버리는 짓궂은 환영이여

호롱불 따사로운 밤의 고요 속에

북극성 변두리의 훤한 하늘가를 서성대며

마냥 추억을 되씹고

필름 위에 그려진 너를 꺼내놓고

입맞춤하던 어느 비 오는 밤을 오늘도

진정 그리움이 있었기에 못내

기다려지는 마음의 흔들림을 안고

샛별처럼 영롱한 눈망울을 바라보며

나직이 불러본다 너의 이름을

젊은 시절 사랑을 느낄 정도의 나이 때는 대부분 그렇겠지만 그들의 마음이 무슨 온 세상의 마음이고 세상 전체가 자기만을 위해 존재하는 듯이 생각하고 판단하고 무모한 결정도 쉽게 내리는 어처구니없는 일이 가끔 일어나고 있지만 인생을 좀 더 살다 보면 아이들 연극 같은 조그만 이야기인 것을 왜 그 시절에는 그랬을까. 생각해보면 많이 살아보지 않은 사람의 시야는 그만큼 좁고 소량일 수밖에 없기 때문이지만 그것이 작은 것임을 알려면 수많은 시간과 역경과 분노와 좌절과 참고 기다릴 줄도 알아야 하는 긴 과정이 있는 것이다. 그래서 지난 시절의 내 기록들을 읽어보며 그 고뇌와 희열 그리고 억지스러웠던 욕구 등을 다시 들추어보며 희미한 웃음 속에 나 또한 그 시절에는 꿈만 먹고 살던 때였구나 하고 피식 웃음이 나온다.

1962. 3. 19.

나는 형편없는 얼간이인지도 모르겠다. 하기야 한 달쯤 편지가 없다고 이러쿵저러쿵 생각하는 것은 자신이 너무 경솔한 짓인지 모를 일이긴 하다.

그러나 아무리 내 자신이 경솔하다 할 지라도 고향에 왔다 간지 한 달 하고도 보름이 지나는 오늘까지 더욱이 내 편에서 네 번에 걸쳐 편지까지 했는데도 일언의 회답조차 없다 함은 이제 와서 그저 사정에 치우쳐 무관심해버릴 일이 아닌가 싶다.

틀림없이 내가 추적하는 대로의 애정에 이상이 있지 않을까 싶은 것이 솔직한 생각이다. 그렇지 않고서야 지금까지 편지 한 장 보내지 않을 수 없지 않은가. 더욱이 호적 초본과 라디오 관계 때문에 부친 돈을 받았다면 무슨 답변이라도 있을 법한 일이 아닌가.

그가 그 자신의 어떤 목표를 위해 이미 달리 생각하고 있는데도 불구하고 나 혼자 부질없이 편지를 기다리고 있는 현상은 아닌지. 만일 그렇다면 정말 괘씸한 일이 아닐 수 없다. 괘씸하대야 그 자신의 애정의 변화를 나무랄 아무런 권리도 내게는 없는 것이지만 언젠가 죽기 전 한 번은 상면할 사람이요, 2년여의 세월을 사랑한 답시고 믿고 살아가고 있는 사람에게 미안하단 인사 한마디라도 있어야 할 게 아닌가.

그가 없다고 해서 내가 생을 꾸려갈 수 없음도 아니고 내가 아니어서 자기가 생을 지탱할 수 없음이 아닐진대, 이미 애정이 식었거든 알려줘야 상대도 다른 각오를 할 것이고 그것이 도리가 아닐까.

정말 기다리다 못해 이젠 화까지 화까지 쏟아지는 그것이 그녀를 사랑하기 때문이라 믿고 좀 더 꾹 참아보자고 마음속으로 다짐은 하지마는 그래도 놓이지 않는 마음속엔 자꾸만 불길한 생각이 꽃을 피운다.

약혼 편지 며칠 오지 않는다고 애인의 변심을 기정사실처럼 마음을 끓이며 숱한 고뇌와 갈등을 키우며 금방 파탄이 날 것처럼 조바심에 어쩔 줄 몰라 했던 우리의 사랑도 봄날의 공기처럼 따뜻이 풀려 1962년 추석 다음 날 약혼식을 가지기로 양가 부모님의 결정을 보게 되었다.

연애 초기에는 양가의 심한 반대로 결혼이 매우 어려울 것이라고 모두들 걱정을 해주는 우리의 사이였다.

예로부터 시골의 결혼은 조금 떨어진 곳에서 중매쟁이 할멈이 규수와 신랑감의 단점을 감추고 장점 비슷한 것만 내세워 양가를 설득해도 다른 마을에의 남의 집 사정을 속속들이 알 수 없는 속성상 밥만 굶지 않을 정도이면 신부 쪽에선 집의 식구 입 하나 들고 어차피 보내야 할 시집 눈감고 보내면 되는 것이었고 아들 쪽에선 부려먹을 며느리 신체 건강하고 사돈집이 든든하면 아들 덕 좀보게 할 은근한 기대 심리가 있기 마련이라 중매 할미의 이것저것입맛 맞는 이야기에 긴가민가 고개를 끄덕이기 십상이지만, 우리 사이는 한마을이기에 두 집을 너무 잘 아는 사이라 좋은 점 다섯개는 보지 않고 흠결 한 가지만을 서로 내세우며 반대를 하는 가운데 각 집안 형제들이 입을 모아 합창을 하는 사이가 되었다.

우리 집으로 보면 홀 시아버지에 시동생 셋이나 부양해야 할 산

같은 책임을 안아야 할 처지고 순이 쪽에선 아버지가 일찍 돌아가시고 어머니는 개가하여 삼촌 집에 얹혀 있는 형편이었으니 피차가 결손이긴 한데 자기 쪽은 두고 상대 쪽만 나무라는 아전인수식 사고방식이었으니 우리 둘은 기가 막힐 운명이었다.

예나 지금이나 삼촌 집에 얹혀살기란 다 그만한 시련이 있게 마련이고 그렇기 때문에 순이는 일찍 대구로 취직을 떠나야 했다. 그래도 끈질긴 우리의 사랑이 2년여의 세월을 이어오다 보니 부모님들도 어쩔 수 없이 모든 불만을 접고 결혼을 시키지 않을 수 없도록 우리가 분위기를 만들었기에 약혼을 허락하게 된 것이다.

1962년 추석 다음 날 순이의 집에서 약혼 잔치가 치러졌다. 우리 편에선 아버지와 3번째 모신 어머님이 참석하셨고 순이 쪽에선 할머님과 어머님 그리고 삼촌 내외와 처제뻘인 순예 화자도 참석하여 저녁 식사를 같이하면서 덕담도 나누고 양 부모님께서 사돈 될 것을 서로 합의함으로써 약혼은 성립하였고 다음 날 우리 둘은 영해사진관으로 약혼 사진을 찍으러 나가긴 했는데 뭘 사 먹었는지 지금은 기억이 별로 나지 않는다. 그때는 짜장면이 고급 요리였으니 가능성은 좀 높을 뿐이다.

약혼을 했으니 이젠 모든 사람에게 우리가 결혼할 사이라는 선

언을 한 것이지만 우리의 형편은 또 서로 떨어져 있어야 할 운명이
었기에 추석 며칠 후 순이는 다시 대구 직장으로 떠나가고 또 편
지 가고 답 안 오고 하는 애타는 시련은 가끔씩 있기 마련이었다.

그래도 세월은 흐르고 결혼식을 언젠가는 해야 하는데.

집짓기

;

    집이 워낙 오두막집이어서 동장직을 수행하는데 면 직원들이 그 때는 매일이다시피 동장을 찾아와 행정을 보던 시절이라 매우 창피하기도 했으나 배짱으로 버티는 중이었지만 결혼해서 순이를 데려오기엔 너무 그렇고 해서 돈 안 들고 집 짓기로 작정을 했다. 아래 염장에 하꼬방 비슷한 새로 지은 집이 하나 있어 그것을 2만 원에 사서 뜯어 재목과 온돌을 차유로 옮겨 배로 싣고 우리 마을로 옮겼다.

    집을 뜯어놓고 보니 기둥이 2치 각목이었다. 원래 집 기둥은 4치 각목이 보편적 재목인데 2치 각목은 가느다란 나무로 도저히 기둥으로 사용할 수 없는 작대기였다. 궁리 끝에 3치각 5개를 앞기둥으로 세우고 2치각은 뒷기둥으로 세워 집짓기를 시작했다. 헌 집은 토담집이라 뜯어내는 데 온 집안 식구가 힘을 보태 정리를 했다. 이웃에 사는 목수 이명달 씨와 의논해서 뒷일은 큰집 백부님과 내가 거들고 잡부 하나 들이지 않고 흙벽집을 지었다.

목수 노임과 기둥 5개 지붕 덮는 루삥 값을 합해 10만 원 정도의 계산이 나왔으나 마을 사람들의 추리는 40만 원 정도의 돈이 들었을 텐데 동장이 무슨 돈으로 저 정도의 집을 지었는지 의심의 눈초리가 번득이고 있었다.

본래 있던 토담집은 8평 정도였는데 새로 지은 집은 16평 정도의 늘씬한 대가가 되어 마을에서는 눈에 띄는 신가옥으로 부러워할 정도였다. 그러나 문제는 벽의 두께가 5㎝밖에 되지 않았고 흙벽과 기둥 사이에 틈이 있게 마련이어서 옆방의 음성이 너무 잘 들리는 바람에 여러 가지 에피소드가 생기기도 했다.

다른 문제는 어떻게 되든 이제 순이와 결혼을 해도 오두막집의 공포는 없어졌다. 집이란 보통 사람이라면 일생에 한 번 짓기도 어렵다는데 나는 그 후 3번을 더 지어 내 생에 4번 집을 지은 경험이 있다. 그중 마지막 지은 집이 내 생의 끝을 볼 지금 사는 집이고 외형의 모델이 그런대로여서 군 내에 여러 곳에 비슷한 집이 생겼다.

결혼

;

약혼을 한 지 1년 반이 지났고 연애를 시작한 지 3년 반이 지나 이젠 더 두고 볼 일이 아니고 나도 나이가 27세, 순이가 24세가 되어 당시로서는 결혼 적령기에 들어 있었다. 새해 첫 설 다음 날 아버지께서 처삼촌 되실 분과 의논하여 결혼 날짜를 잡으러 간다고 하셨고 일관쟁이 집을 다녀오시더니 7일 후인 음력 1월 9일 날로 날짜를 받아 오셨다. 그때가 1964년이었다.

결혼을 언제 하려는지 까마득히 모르고 기다림만 있었는데 갑자기 7일 후에 결혼식을 한다니 좀 난감한 생각이 들었다. 결혼식에 빠지면 안 되는 신랑 신부는 눈을 굴리며 기다리고 있지만 하객을 맞이해야 미리 해준 축의금도 거두고 아들딸 결혼시켰다는 체면도 유지할 텐데 준비 기간이 너무 짧다는 것이다. 콩나물 부조도 받아야 하는데 자랄 시간이 모자라고 예단 준비, 청첩장 돌리기도 문제였고 신방 꾸미기와 총각들 목에 때 빼는 우인 대표 선정도 문제였다.

당시는 잔칫집 맛난 음식의 절반이 우인 대표라는 건달들 배를 채우는 데 들어갈 정도로 한창 먹고 힘쓸 청년들이 기념품 산다는 곗돈 몇 푼 보태고 걸신처럼 신붓집 잔치 음식을 거덜내는 후배들을 빨리 내쫓는 것이 신붓집의 돈 버는 과제가 되었다. 허기야 그것이 보통 신붓집 몫이니 우리 집은 보다 걱정이 덜했고 또 우리는 벼락치기 결혼식을 해본 경험을 가지고 있었으니 큰 걱정은 없었다.

내가 우리 집 맏이였으니 연습 결혼을 해본 것도 아니고 그때나 지금이나 딸이 오빠보다 먼저 혼례를 하는 예가 있어서 우리 집 동생 월태(달 월, 모양 태이나 달처럼 예쁜지는 보는 눈에 따라 다를 수는 있고)가 며칠 만에 결혼한 경험을 우리는 가졌다. 1962년 음력 12월 17일쯤일 게다.

우리 마을에서 6㎞쯤 떨어진 사진 2동에서 우리 옆 동네 오매로 선 보러 가는 청년이 있었고 그가 우리 종갓집 큰어머님과 아는 사이라 우리 마을을 지나가다 인사차 들러, 인사 자리에서 큰집 어머니는 오매 처녀를 보기 전에 우리 월태를 한번 보고 가라고 권했다. 이름이 월태라 한문을 조금 아는 총각이 달 모양이라는 이름에 현혹되었는지 선을 보겠다고 연락이 왔다. 처녀란 특히 선본다고 조금 다듬어놓으면 보기에 따라 내 식구가 되려면 잘 보이는 데다 중매 할미가 된 종갓집 큰어머니가 입에 침이 마르도록 자랑을 늘어놓았으리라.

장모가 2명이나 작고했으니 약점이 큰 편이었는데 이 총각 눈이 잘못되었는지 규수가 마음에 든다며 목표한 오매 처녀의 선은 보지 않기로 결정하고 집에 가서 자세한 내용을 통보하겠다며 돌아간 뒤 3일 후인 12월 20일에 통보가 오기를, 총각이 금년 아니면 결혼 운이 나쁘니 금년 내에 결혼식을 해야 한다며 1주일 후인 12월 27일 혼례 날짜가 좋으니 결혼식을 올리자는 것이다. 선보고 열흘 만에, 그것도 남의 선을 중간치기해서 말이다.

아버지와 나는 고민에 빠졌다. 혼처는 좋아 보이는데 내년쯤 시집보낸다고 아무것도 준비해놓은 것이 없는데 어떻게 해야 할지. 정말 이건 큰 걱정이었으나 아버지와 상의 끝에 음식이고 혼수고 되는 대로 시장에서 사 와서 차리고 준비하여 하객을 맞기로 하고 일을 시작하니 불편한 점도 많았지만, 시간이 없었다는 핑계가 있어서 모자라는 걸 넘기는 데는 오히려 도움이 되는 듯했다.

당시의 결혼식은 구식이어서 보통 신부의 집에서 초혼을 하고 3일 후 신랑집으로 신행을 하면서 신랑집 하객 맞이가 이루어지는 것이 정례이다시피 했으니 우리의 결혼식도 그와 같은 전례를 따라 밀고 나가는 수밖에.

문제는 우인 대표라는 속칭 후배가 문제였다. 워낙 한창 먹을 시절의 젊은이들이라 술, 떡, 고기 등을 황소처럼 먹는 후배라는 꼴불로인 친구들이지만 예의상 홀대를 하지 않는 것이 당시의 미덕이라, 때려주고 싶을 만큼 혼가의 음식을 후려 먹는 우인 대표 수가 보통 6~7명인데 우리 또래의 건달이 많아서인지 희망자가 15명 정도가 되니 이거 처갓집 봉살을 낼 정도라 크게 걱정하지 않을 수 없었다. 그러나 한마을 친구와 형들이라 누굴 뺄 수도 없고 죽기 아니면 까무러치기로 다 데리고 가서 결혼식을 치렀고 그 많은 우인 대표의 진실이 거의 없어 보이는 형식적 축사의 음덕인지 우리는 아들딸 잘 낳고 늦도록 건강을 유지하는 것이라 생각한다.

그때 축사의 감초 문구는 검은 머리 파뿌리 되도록 죽지만 말고 웬만하면 이혼은 하지 않는 것이 사는 데 훨씬 유리하다는 그런 문구를 꿰다 앵무새처럼 외우고 술과 음식 청구권을 무한정 행사했다.

그때 우인 대표라는 먹세꾼들이 식장에 가지고 다니는 물건들은 살림살이에 필요한 것이지만 거울, 액자, 주전자, 술잔 등이 주었고 가지고 가는 것은 남의 혼사 집 맛난 음식과 마을에 돌아가서 처녀들과 나누어 먹을 과일 및 안줏감 등을 잔뜩 박스에 담아 지고 오는 게 상례였으니 신부네 집에는 우인 대표 수를 줄이든지 데리고 오지 말라는 부탁도 더러 있었지만 그렇게 했다간 신랑이 또래 친구들에게 따돌림을 당할 수도 있는 위험한 처신이라 그렇게 밀고 나가는 신랑은 거의 없었다. 이런 일들은 지역 대부분이 아니고 우리 마을을 기준으로 부근의 일들이기 때문에 지역적 시대 풍속의 하나일 수도 있었을 게다.

신혼여행

;

그 시절은 신혼여행이라는 게 시골에서는 거의 없었다. 그러나 나는 신식 신랑이고 현대 청년이라는 긍지와 의무 비슷한 것도 있고 신혼여행이라는 추억을 가지고 싶기도 해서 신부가 시쳇말로 허니문 베이비를 가져서 신혼여행을 결행할 7월쯤에는 배가 남산보다 약간 낮은 편이었다.

코스를 따지자면 세계가 마음에 들지만 부산도 못 가본 순수한 촌 동장, 그래도 배가 남산보다 약간 낮은 신부를 대동하고 흔들리는 버스에 두 몸을 싣고 어디론가 신혼여행이랍시고 부모님께 허락을 받아 간 곳이 우리 마을에서 50리쯤 되는 강구를 돌아 10리쯤 고향 쪽으로 오다 금진이라는 처고모가 사시는 우리 동리와 하나도 다르지 않는 어촌을 방문하고 밥 한 그릇 얻어먹으면서 신나게 우리가 잘 산다고 자랑한 뒤에(그 고모가 우리 결혼을 제법 반대했기에) 하재 처고모집에 들러 대탄 큰 처고모 집에 저녁때가 되어 당도했다. 왜냐하면 거의 도보 행군 이었고 임부의 고달픔은 곳곳에서 그냥 앉아 쉬는 게 치료법의 전부인 당시의 사회상이기도 했기 때문이었다.

큰 처고모는 그 마을에서 꽤나 제대로 사는 촌 부자라 그런지 조카딸이 가난한 집에 시집간 것이 못내 아쉬워 조카사위 따위는 별로였다. 그래도 거기서 하룻밤을 자고 오는 역사적인 신혼여행의 추억에는 처고모보다 그분의 시어머니의 인자한 마음씨와 그분의 딸들이 나에게 혹은 언니인 우리 순이에게 잘 대해준 기억이 오래도록 남아 있다.

그 먼 후에 처고모님이 돌아가셨을 때는 아들들이 부의금 수입 때문에 밤에 시신을 먼 곳으로 이동했다는, 듣지 않아도 좋을 소식을 들었는데 우리가 대구에 있어서 연락이 시원치 않았기 때문에 자세한 내용은 잘 몰라도 어쩔 수 없는 인간사이리라.

첫딸

;

    1964년 결혼하던 그해가 하필이면 마을에서 4~5년에 한 번씩 행사하는 별신굿을 하게 된 해였다. 별신굿이 시작되면 모든 부정한 일들은 굿이 시작종을 울리는 3~4일 전부터 다른 지역으로 피난을 가야 하는데 굿 날짜가 음력 10월 12일이었다.

    순이가 만삭으로 10월 9일 시늘 동생 집에 피신하던 중 별 이상이 없어 마지굿이란 첫 굿만 시작하면 부정이 면제되기 때문에 하루 전날 집으로 오게 했더니 초저녁부터 산통이 시작되었다. 처음 시작된 산통은 그리 심하지 않아 견딜 만했지만 굿이 오늘이 아닌 내일인데 출산이 시작되면 이건 참 곤란한 것이 동장이 부정을 저지르면 동민의 비난이 쏟아질 것은 내리막 돌일 텐데. 그렇다고 출산을 중지시킬 수도 없고 할 수 없이 큰집 어머니와 세 번째 맞은 어머니가 절대 조용히 산후 처리를 하되 이웃집도 모르게 조용히 해줄 것을 부탁했다. 그런데 산모가 아무렇지도 않게 산통이 없다는 것이다. 이건 시쳇말로 귀신이 곡할 노릇인 게 틀림없었으나 만

세감인 것 또한 틀림이 없었다.

12일 낮까지 이상이 없어 저녁때 굿이 시작되고 동민 모두가 굿장으로 구경을 나왔는데 거기에 우리 집 산모도 어울렸으나 오후 8시쯤부터 다시 진통이 시작되었고 아파 죽는다는 초산모를 잡고 경험 많은 큰집 어머니는 사람 속에서 사람 나오는 건 누구나 죽기 아니면 살기이니 참아야 한다고 말하시지만, 고통스러운 초산모가 "네, 알았습니다" 할 처지는 아니어서 밤 11시가 되어 도저히 견디기 힘든 형편이라 당시 우리 마을에 여의사 행세를 하는 여인이 산파 경험이 많다는 걸 알고 남쪽 끝에 사는 집을 찾아가 도와줄 것을 부탁하자 이 여의사 왈 감기가 심해서 도저히 움직일 수 없다는 것이다.

산모가 죽는다는 판에 감기 따위로 못 움직이겠다니 말이나 되어야지. 평소 가끔 들러 익힌 정을 내세워 억지로 끌다시피 데리고 집 앞 골목에 들어서는데 아기 울음소리가 나는 게 아닌가.

그때나 지금이나 산파란 아기를 받아야 수고비를 받게 되는데 삽짝에 들어서다 아이가 출산했으니 오도 가도 어려운 진퇴양난이었다. 그러나 감기에 죽어도 못 가겠다는 산파를 데려왔는데 그냥 보낼 순 없고 억지로 등을 밀어 아이를 수습케 하고 수고료를 쥐여주며 밤늦은 길에 내가 그를 바래다주는 형편이었다.

그렇게 처음 태어난 우리의 첫딸이 할아버지의 철저한 촌스런 작명으로 영옥이가 되었고 그래도 그 시절엔 보편적 여식아의 많은 이름 중 하나였다. 부르기야 촌스러워도 고모인 월태가 달 모양이듯 영옥은 꽃빛의 옥이라니 그보다 아름다운 이름이 몇 개나 있을 것인가 싶다.

그 후 둘째가 중강, 셋째가 승환이란 이름으로 태어나고부터 가족계획을 생각해야 했다. 물론 작명은 할아버지의 임무이자 특권이었다. 동장을 하던 총각 시절 정부의 산아제한 정책을 가족계획이란 듣기 좋은 이름으로 혁명정부가 시행했고 그 결과는 매우 성공적이었다. 가족계획을 하지 않고 한집에 7~8명씩 낳았다면 옛날 같으면 반은 죽어 수를 조절했겠지만 의학이 발달하여 다 키워냈다면 생각만 해도 머리가 어지러운 현상이 일어났을 게다.

첫아들

;

　그때는 가족계획이란 사회적 문제가 있었는데 부부가 3명의 자녀를 두는 것이 이상적이라고들 많은 사람들이 선호하고 있었고 우리 부부도 비슷한 생각을 가지고 있었다. 가족계획을 아들이 둘, 딸 하나로 보통 사람들이 다 비슷한 생각을 가지고 있었다. 훗날 신붓감이 모자라 태국이나 필리핀으로 구걸 장가보낼 생각을 그때는 생각이나 했을까마는 그래도 그때는 멋진 가족을 꾸렸다고 자랑을 하고 다녔으니 20년 앞도 못 본 시대의 까막눈이 나뿐만 아니었으니 그래도 핑곗거리는 있는 셈이었다.

　첫딸을 낳았으니 앞으로 아들 둘을 낳을 계획인 우리 부부에게 두 번째 소식은 첫딸 낳은 1년 후에 찾아왔으니 둘째를 낳으면 2살 터울이 될 것이었는데 이게 어떻게 된 건지 별다른 이상이 없었는데 3개월 만에 자연 유산이 되는 게 아닌가. 정신없이 여의사를 불러다 뒤처리를 했는데 아깝게도 아들이 아닌가.

안타까운 일이지만 어쩔 수 없는 일이라 운명에 맡기고 다시 임신을 하여 1967년 음력 12월 5일 날씨가 매우 추운데 산모가 산기가 있다고 했으나 집에는 어떤 일이 있었는지 아무도 산모 수발을 들 사람이 없었다.

다행히도 마을에 산파를 직업적으로 하는 여의사 한정숙 씨가 있어 초저녁에 데려와 순산을 돕도록 했는데 이 여의사가 산모가 진통을 하는데도 산모에게 참으라고 하며 손가락을 움직이고 중얼거리며 시간을 재고 있었다.

답답한 내가 추궁을 하자 여의사 왈 사주를 보니 시간이 조금 일러서 기다리고 있다는 것이다. 1시간 후에 태어나면 매우 영리할 사주이니 산모가 고통스러워도 참아야 한다는데 기가 막혔지만 따를 수밖에 없었다.

저녁 10시경이 되자 여의사가 물을 데우라 해서 부엌에 들어가 솥에 물을 붓고 데우는데 아이 울음소리가 나고 여의사로부터 대야에 물을 퍼 오라는 전갈을 듣고 급히 대야에 물을 담아 방에 들어가니 여의사가 두 뼘쯤 되는 아이를 거꾸로 들고 등을 두드리고 있는 게 아닌가. 은근히 아들을 기다리던 차인데 내가 아이를 뺏어 들고 보니 아들이 분명했고 나도 모르는 사이 "야! 이거 백만 불짜리다" 하고 크게 고함을 질렀다. 그 후 2년이 지나 사주 보는 여의사의 조력으로 또 아들을 얻게 되어 우리는 그 시절에 알맞은 가족계획을 달성한 셈이었다.

　꼭 딸을 하나 더 낳을 수 있었으면 기대를 걸었을 텐데 우리 집안은 아버지 대에서도 여자가 없이 아들만 4형제라 고모가 우리에겐 없었고, 큰집 작은집에서도 아들만 낳게 되는 집안이라 또 아들을 낳을까 싶어 이쯤에서 가족계획을 실천하기로 했다.

아이들의 성장 과정

;

    어느 시대라도 아이들이 자라는 몇 년은 그 시대에 생기는 질병과 싸우며 자라게 마련이다. 옛날보다는 그래도 예방접종도 몇 가지 했지만 아이들 자라면서 생기는 가지가지 잔병들이 어디 한두 가지뿐이랴. 그때마다 마을의 여의사가 자기가 산파한 아이들에게는 지극히 돌봐줘 그런대로 무난히 키울 수가 있었지만 그래도 아직도 마음에 남아 있는 어려웠던 일들을 몇 개 적어보련다.

    영옥이가 3살쯤 되었을 무렵 갑자기 열이 나고 감기 비슷했으나 마을의 여의사가 치료할 상황이 아니어서 영해 읍내 병원으로 치료를 위해 가기로 했으나 그땐 마을까지 차가 들어오지 못하고 월부령재를 넘어 염장에 가야만 축산에서 영해로 왕래하는 소형 버스를 탈 수 있던 시절인데 내외가 아기를 업고 월부령 꼭대기까지 숨 가쁘게 올라가는데 도로를 만들기 위해 10m 정도의 높이로 깎은 꼭대기에서 굵은 바윗덩어리가 우리가 지나가는 3m쯤 뒤에 떨어져 혼이 날아간 듯 쳐다보고 가슴을 가라앉히며 염장을 뛰어갔다. 그러나 며칠 전 비가 온 뒤라 냇물이 엄청 많이 흐르고 있었고 다른 방법은 없고 죽기 아니면 까무러친다는 속언대로 아이와 아이 엄마를 같이 업고 허리쯤 차오른 냇물을 건너는 중간쯤에 가자 버스가 축산에서 염장에 도착했고 우리는 냇물 가운데서 죽기 살기로 건너고 있었는데 기사가 우릴 보고 차를 세워놓고 기다려주어서 고맙게도 그 차를 타고 영해에 갈 수가 있었는데 그 후 몇 년 뒤에 마을에 차가 들어오도록 힘을 쓴 관건의 한 부분이었으리라.

중강이는 3~4학년쯤인가 마을 앞에서 저녁 무렵에 친구들과 놀다 다리를 다쳤다길래 자세히 보니 한쪽 다리가 비틀려 뼈가 갈라진 형편이라 영해병원에서 깁스를 하고 꽤 긴 시일 치료를 했지만 다른 집 부모들 같았으면 아이들을 불러 치료비를 물리는 등 야단이었겠지만 친구들이 놀다 일어난 일이라 묵과하기로 하고 치료를 마쳤으나 마음은 가볍지가 않았다.

영옥이와 중강이가 자라면서 질병으로 인한 큰 마음의 부담은 많지는 않았는데 승환이가 문제였다. 승환이 이름이 본래 성강이었는데 어느 날 할아버지가 작명가라는 영덕 사람을 데리고 왔는데 아이들 이름을 적어놓고 한참을 숙고하더니 중강이 이름은 좀 무거운 편이나 보통 부를 만한데 성강이는 승환으로 고치는 게 좋다는 것이다.

허기야 하나라도 못 고치면 작명 대가를 바랄 수 없으니 그렇게라도 해야 했고 우리도 직업이 작명가이니 그의 얘기를 듣기로 하고 승환으로 고쳐 부르게 되었다. 그 승환이가 큰 사고를 내고 말았다.

초등학교 3학년쯤일까 저녁때 우리 집에서 외삼촌 되는 영준이와 몇이서 뛰어놀다 한여름인데 저녁에 방에 들어가 이불을 쓰고 나오지 않아 이상해서 엄마가 왜 그러냐고 자꾸 물어본즉, 눈을 비비면서 불편해하길래 재촉해서 묻자 집 앞에 고기 상자를 뜯어 만들어놓은 개집의 지붕을 영준이가 눌러 부러진 것을 그대로 붙여놓은 것을 모르고 손을 짚었다가 팔이 개집 안으로 빠지면서 부러진 판자 조각에 눈을 찔렀던 것이다. 어린 마음에 자기가 잘못한 것으로 자책을 하고 눈이 아픈데도 참고 방 안에서 이불을 쓰고 있었던 것이다.

다른 곳도 아닌 눈이라 큰일인데 부근에 안과도 없고 시간은 저녁때 해가 진 뒤라 영해 택시를 불러 포항 선린병원으로 시급히 당도했으나 포항에서는 안과 진료가 불가능하니 대구 경대병원으로 가보라는 것이다.

시간을 지체할 수 없이 대구로 갈 택시를 찾는데 마침 대구에서 포항으로 온 택시가 있어 그 차에 아이를 태우고 대구에 도착, 경북대학병원 응급실을 찾았는데 여름밤이라 응급 환자가 응급실 마당까지 늘어서 있어 진료를 받으려면 내일이 될지 모레가 될지 모르겠다는 것이었다.

고맙게도 포항서 타고 온 택시 기사가 끝까지 따라다니며 안내를 했는데 이러다 아이 눈을 다칠 테니 시내에서 명망 있는 안과를 찾아 빨리 진료하는 게 상책이라고 응급실에서 나와 시내 병원을 찾은 시간이 밤 11시가 되어 진료 시간이 끝난 상태라 문을 두드리고 고함을 쳤더니 이층에서 자고 있던 간호원이 내려와 상담하고 원장에게 연락을 한 결과 내일 아침 일찍 내원하라는 얘길 들었다. 주변 여관을 찾아 들어갈 때까지 택시 기사가 도와줘 얼마나 고마운지 평소의 대절비 2배를 주고도 훗날 꼭 찾아 인사를 한다고 생각했는데 사람 생활 마음대로 되지 않아 못 만나고 세월이 흘러갔지만 좋은 일을 한 그가 늦도록 행복할 것을 믿어 의심치 않는다.

같은 날 울진에서도 비슷한 아이 환자가 있었는데 며칠 전에 생긴 상처를 여름날 오래 미루는 바람에 실명할 수밖에 없었다는 안타까운 얘기를 듣고 그래도 우리는 빨리 설쳐 승환이가 실명까지

가지 않은 것을 큰 다행으로 여겼다.

　그때엔 만약 눈을 실명하게 되면 눈 하나를 사서 이식할 생각도 해봤는데 그때 사정으로 눈 하나를 이식하는 데 1,000만 원가량 든다고 했고 지금의 가치로 1억 5천에서 2억 정도의 거금이었지만 꼭 필요하면 동원할 수 있었던 당시의 우리 형편이었다. 천만다행으로 조금 불편해도 실명을 하지 않은 것이 큰 행운이었던 셈이다.

　초등학교가 마을에 있어 통학에는 별문제가 없었고 학기말이나 학년말이 되면 교직원 전원을 집에 초청하여 위로하는 회식을 육성회장을 맡은 기간 동안 베푸는 성의도 보여주었고 아이들도 공부를 잘하는 편이라 학기말이나 학년말에 상장을 타 오는 것이 늘 있던 일이라 별로 칭찬을 하지 않은 것 같았다. 그래서인지 아이들의 상장이나 표창장이 남아 있는 것이 없어 좀 심한 편이 아니었나 아쉬움이 있을 때도 있었다.

손자 이야기

;

아이들의 결혼 순서에 따라 손자가 태어나게 마련이라 처음 본 손자는 옥이가 낳은 외손자였다. 외손자는 사돈가에서 자라고 있었고 작명의 소임도 사돈 쪽에서 행사하는 것이 정도인지라 내가 관여할 형편이 아니어서 그쪽의 형편에 따라 지은 것이 승광이었다.

이길 승, 빛 광이라 내용은 120점인데 부르기가 좀 까다로운 게 내 마음에 걸리기도 했지만 아무려면 어떠랴, 빛이 많이 나면 될 것 아닌가. 영옥이네 두 번째 아이가 여자애로 태어나고 외할아버지인 나에게 작명권이 넌지시 넘어와 내 나름대로 여자애 이름으로 부르기도 무난하고 뜻도 그럴듯하여 혜원이라 지어 보냈더니 그대로 이름 지어 지금껏 부르고 있으니 외손녀 이름 하나는 성공한 셈이었다.

1995년 1월 24일 관악구 신림동 15평의 연립주택에서 중강이 아들이 태어났고 할아버지 특권을 행사해 이름을 문중 돌림자 '모

(模)'를 참작, 형모라 이름 지었고 구리시 인창동으로 이사해 자랐고 그곳에서 둘째 형민이가 태어났다. 형민이는 사정에 의하여 울산 할아버지 집에서 몇 달을 보내다 서울로 옮겨 자랐는데 어릴 때 돈 모으는 욕심이 대단해서 큰 부자가 될 걸로 생각했는데 앞으로 세월이 많으니 지금 판단하기는 좀 일찍인 것 같아 지켜볼 작정이다.

1998년 12월 6일 대전 만년동에서 딸아이가 태어나고 며칠 뒤 산모인 둘째 며느리 장오희가 교사 임용고시에 응시해서 합격하는 행운을 맞은 둘째 아들 집은 겹경사를 맞은 셈이었다. 딸아이니까 애비가 작명을 기대하기에 지으라고 했더니 하연이라고 지었다기에 그런대로 좋아 보여 승낙을 했다. 아들 같았으면 할아버지 의무이자 권리를 반드시 수행했을 텐데 예대로 치자면 딸이니까. 이후 아들인 준모가 태어나며 손자 6명을 보게 되었다.

형모가 3~4세 무렵, 그러니까 형민이가 태어나고 양육이 복잡해지면서 우리 집에 와서 몇 개월간 할아버지 할머니가 돌보고 있었는데 이 아이가 종일이라도 혼자 방에서 달력 뒷면에 그림을 그리고 가위로 오리고 유닛이라는 모형 만들기가 하루 종일토록 이어졌고 밥을 먹을 생각도 하지 않아 밥 한 끼 먹이는 데 1시간을 넘길 때가 많았다. 어느 날 시장에서 풍이라는 바다 올챙이 고기 알로 국을 끓여 먹였더니 밥을 잘 먹는 바람에 그날 이후로 장날이면 알풍이를 몇 마리씩 사다놓는 현상이 생겼다.

풍이는 강원도에서 도치라는 이름으로 귀한 대접을 받았지만 우리 지역에서는 고기 취급을 하지 않고 잡으면 버리는 사람도 있었다. 형모의 밥 먹이기 운동으로 먹기 시작한 풍이는 우리의 선전과 장날마다 사오는 걸 본 사람들이 너도나도 관심을 가지기 시작해서 유명한 국거리로 대접을 받는 지경에 이르렀다.

어느 여름날 하연이가 집에 와서 몇 달간 형모와 같이 살게 되었는데 때가 여름이라 더운 집에서 아이들의 간식이 얼음과자가 제일인지라 아이스께끼 종류를 여러 개 사다놓고 작은 것은 하나씩 나누어주었지만 더위사냥은 너무 커서 하나를 둘이 나누어 먹도록 했고 나누는 일을 오빠인 형모가 전담을 했는데 이놈이 정확하게 반으로 나누어지지 않고 꼭 한쪽이 많고 한쪽은 적게 나누어지는데 형모가 항상 많은 것을 가지고 적은 것은 하연이 몫이었다.

얼음 먹기를 좋아하는 하연이로서는 더위사냥이 똑같이 나누어지길 간절히 바라지만 형모가 나누는 더위사냥은 언제나 한쪽이 많아지게 되었고 힘이 센 형모가 많은 쪽을 가지게 되어 이것을 매일 겪어야 하는 하연이가 참다 못해 불만을 터뜨렸는데 '오빠는 항상 큰 것만 먹고 나는 작은 것만 준다'라고 불만을 터뜨렸지만 형모의 권리는 그대로 유지되었고 우리도 큰놈이 더 먹는 게 보통의 나눔 법칙이니 웃고 말았지만 하연이는 몇 번의 불평을 터뜨린 일이라. 지금도 그때를 추억할 때는 그 이야기를 하면서 웃곤 했는데 그 후 20여 년간 내가 더위사냥을 좋아해서 사다놓고 할망과 웃으면서 나누어보았지만 똑같이 나누어지는 경우가 한 번도 없었다.

옛날엔 아버지와 아들 몇 명이라도 대부분 한마을에서 살았기 때문에 할아버지 할머니가 여러 아들 집 손자들을 돌보는 것이 상례라 여러 손자 손녀들은 제 부모보다 할아버지 할머니의 손에서 자라나기 마련이지만 아들딸들이 먼 지역에서 살다 보니 손주들을 만나기가 쉽지 않고 자주 만나지 않으면 정도 다가올 수 없어 자주 만나지 않는 손주들은 일 년에 한두 번 명절에 만나고는 오랜 시간 떨어져 살다 보면 키워온 아이들과는 친소관계가 오래도록 차이가 생기는 것은 인지상정이 아닌가 싶다.

옛날 같으면 내 나이쯤이면 증손주가 여러 명 생겨났을 텐데 시대가 달라져 내가 살 동안 증손주를 볼 수 있을지 모르겠다만 워낙 세상이 다르게 변하고 있어 앞을 가늠하기가 어렵지만 손주 6명을 보게 된 나는 행운에 속하고 있다. 손주를 못 보고 유명을 달리한 친구들도 많으니까.

형제의 독립

;

우리 형제자매는 5남매였다. 첫째 어머니가 낳은 나와 동생 월태, 두 번째 어머니가 데리고 온 월태보다 한 살 적은 숙자, 그리고 두 번째 어머니가 낳은 석만이, 선자 이렇게 5남매였는데 두 번째 어머니가 돌아가시고 난 후 숙자는 친구들과 어울려 부산으로 취직을 간다고 나간 후 그대로 눌러 부산에서 총각을 만나 결혼을 하게 되었고 그 후 두어 번 필요에 따라 고향을 방문한 후 이젠 연락을 잘 하지 않는 편이고 월태는 사진 총각과 결혼하여 2남 2녀의 자녀를 거느리고 잘 살고 있는 편이나 이젠 나이의 호된 대가로 둘 다 좀 아프면서도 끝은 언제일지 모르게 살아가고 있다.

선자는 그런대로 연애를 잘해서 마을 총각 김영청을 낚아 결혼 후 강원도 동해시로 이주하였고 아버지의 2남 석만이가 초등학교를 졸업하고 친구 따라 강남 아닌 부산으로 가서 취직이랍시고 다방에 취직 기술을 배워 내가 한창 잘나가던 시절 다방을 하나 차려주면 돈을 억수로 벌 수 있다는 설득을 믿고 당시 부산 주택 한 채 값 정도인 400여 만 원짜리 대광다방을 경영케 하였던 바, 들리는 소문에 일요일쯤 되면 고향 친구들이 대광다방 김 사장을 만나러 떼로 몰려들어 신명나게 돌아간다는 말을 듣고 1년 후쯤에 내려가 정리를 해보니 150만 원 정도의 결손을 보고 있었다.

다방을 정리하고 다른 곳에 취직을 하게 하였더니 얼마 후 병역 관계로 귀가하여 향토 예비군 훈련을 받고 현역은 면한 후 가보사에 취업하여 좋은 힘으로 선장과 어로장까지 맡아 이끌다 사진 누나의 중매로 결혼한 후 울산 현대조선에 취업하여 자리 잡고 잘 살고 있는 편이다.

용접 기술을 터득하여 독립 사업을 할 수 있는 기회를 잡았으나 사업 운이 없었는지 인사 사고를 내는 바람에 독립 사업의 꿈을 접어 아쉬움을 남겼다. 남매를 낳아 결혼시키고 그런대로 잘 사는 편이라 다행스럽다.

수산업(정치망과 미역 양식)

;

    결혼 8개월 후쯤 나는 동장직을 사임했다. 별로 희망도 없었지만 동장만 하고 있기엔 부양가족이 많아 고민하다 처갓집 삼촌이 기획한 호망 어장을 거들면서 기술을 배우기로 했다.

    처삼촌께서는 정치망 현장에서 여러 해 일해서 정치망 제작 기술을 알고 있었다. 난생처음 어장에서 이른 아침마다 그 전날 하루 종일 모여든 고기를 건져 올리도록 설계된 정치망(정치망이란 일정한 자리에 고정 설치한 그물을 뜻함)의 고기를 새벽 1시간 정도의 작업으로 일을 끝내고 판매까지 모두 3시간 정도 일하면 되는, 놈팽이가 하기엔 매력 있는 일이었다.

    수입은 밥벌이 정도의 종업원 신분인지라 큰 기대는 하지 않는데 2년쯤 종사하다 마을 앞 방파제 부근에 조그만 호망 한 틀을 장만하게 되었다. 두 사람이면 그물에 가두어진 고기를 털어낼 수 있는데 아버지와 같이 일을 하고 있었고 멸치족 등이 몰려올 때 시간의 제한 없이 하루 5~6회 고기를 건져 올리는 재미는 무엇에 비길 수가 없었다.

어느 날 아버지가 외출하시고 혼자 어장에 나가보니 나루멸치라는, 멸치 비슷하면서도 멸치가 아닌 작은 고기 떼가 많이 몰려들었는데 나 혼자로는 그물을 건어 올리기가 어려운데 사람은 없고 애를 태우다 아내에게 한번 어장에 가보지 않겠느냐고 슬며시 물었더니 대뜸 같이 가겠다고 승낙을 했다.

둘이 어장에 나가 잡으라 놓아라 당겨라 시키는 대로 잘 거들어주어 원만하게 어장에 갇혀 있는 고기를 잡을 수 있었고 부둣가에 들어오자 여자가 어장에 나가 고기를 잡아 오는 것이 신기한 일이라 모두 관심을 보였다.

어장이래야 육지에서 100m 정도 가까운 거리였지만 당시로서는 여자는 아예 배에 오르지도 못하게 하는 관습이 있었고 부정을 타서 고기를 많이 못 잡는다는 해괴한 얘기들을 긴 세월 그대로 지키는 마을로서 아마 처음 배를 타고 고기를 잡아본 여자 1호였으리라.

잡은 고기는 내륙의 은어 새끼로서 강에서 바닷가로 회류하는 어종인데 멸치보다 훨씬 가치가 있는 어종임에도 나루멸치라는 이름으로 보통 멸치 값을 받고 팔고 사고 했다.

그러다 정치망에 재미를 붙여, 보다 큰 호망을 현어장 외해에 두 틀을 더 설치하고 종업원 3명을 고용하여 운영하는 어장주가 되었고 소득에 재미를 붙이다 보니 더 큰 희망을 가지고 대보망이란 대형 정치망을 동업자 3명과 창업하게 되었다. 종업원 15명 정도와 배 2척이 그물을 끌어올려야 하는 대형 어망이고 동해에서는 정치망으로 가장 부러워하는 어장이었다.

이 어장의 명칭이 재미있어 여러 사람의 입에 오르내렸는데 내가 작명을 했고 그 이름은 가보사였다.

가보사의 멤버는 이웃 친구인 이두성과 그의 자형 김두준, 양조장을 운영하던 유길종과 나까지 넷이었고 유길종이 승선하지 않은 주주라 분배가 반으로 줄어드는 것을 보충해주기 위해 2주를 투자하여 넷이 공동 분배키로 한 결과 주식은 5주였고 주주는 4명이라 화투판의 아홉 끗발 가보를 연상해서 가보사라 작명하였더니 매우 만족한 이름으로 후일 청산할 때까지 생산도 항상 남보다 위였기 때문에 종업원이 서로 가보사에 취업하려 줄을 서 있는 형편이라 웬만한 빽이 없이는 선원 채용되기가 힘들었다.

쥐치가 워낙 많이 생산되고 수심이 깊은 외해로 이동하는 바람에 어장을 확대 제작하여 종사원 30여명까지 확대해 지역 경제에 많은 도움을 주는 사업으로 타인의 부러움을 살 정도로 호황을 누리고 있었다.

축산항 입구에 이종해 씨와 더불어 정치망 한 틀을 더 개설하고 주주가 10명이라 10인조라는 명칭으로 경영하게 되었는데 그때는 내가 정치망 시설을 직접 재단하고 외지로 어장 설치하러 다닌 기술이 있었기 때문에 나와 동업하면 당시의 상당했던 제작비를 절감할 수 있는 이익이 작용한 건 사실이지만 동업 중에 기술자가 있다는 것은 매우 든든한 자산일 수 있었기 때문이리라.

당시 쥐치 고기가 워낙 많이 잡혀 한 달 수입이 엄청나 이러다 큰 부자가 되는 게 아닌가 하고 실없는 걱정을 재미삼아 할 판이었다. 지나간 얘기지만 그 시절 염장들이 6만 평이고 평당 3천 원 하던 시절 모두 합해 1억 8천인데 가보사 시세가 2억 5천을 논했으니 말이다.

미역 양식 사업

;

1970년경인 걸로 기억한다. 수산청 부산진흥원 증식과에서 다시마와 미역 인공 증식 사업에 성공하고 실습 시설을 설치해야 하는데 정치망 안전 시설 구축에서 전국적으로 가장 인증받은 경정1리 어촌계에 위임, 재배키로 약정하고 닻과 로프 등 많은 시설을 가져와 우리 마을 앞바다에 설치했다. 다시마가 성공적으로 자랐는데 닻으로는 태풍을 견디지 못하여 시설이 엉켜 실패하고 다음 해 미역 종묘를 시설하면서 자연산 미역만 알던 주민들이 양식 미역 재배에 눈을 돌리게 되었다.

우리 마을 어촌계에서는 3~4명씩 조를 짜 5~6개 조가 첫 미역 양식을 시설하여 꽤 잘 자라 생산에 기대를 걸고 있던 중, 그해 1월 4일 해일로 미역 양식 어장이 전부 파도에 휩쓸려 실패한 후 다음 해부터 시설을 단단하게 설치해서 생산에 성공을 거두게 되고 2~3년간 많은 수입을 올리게 되었다.

예를 들면 우리 조가 세 사람이었는데 같은 조인 우리 집 뒤쪽 이두성 군이 1년 수입의 미역 생산 소득으로 20평 슬라브 주택 1 동을 건립했으니 지금의 화폐가치로 보면 7~8천만 원 정도이니 이 를 본 사람들이 욕심을 내지 않을 수 있겠는가.

우리 조엔 이두성의 동생 종수가 같은 조원인데 수입이 생기니 그 형제들의 자형인 김두준 씨가 같이 동업을 원해 논 3마지기를 팔아 합류했는데 양식 미역이 수입이 좋다는 얘기가 이웃 마을을 부추겨 마을마다 너도나도 양식 어장이 생겨 다음 해에는 과잉생 산으로 미역을 팔지도 못하고 아궁이에 불을 때는 화목으로 변하 고 보니 마을마다 논을 팔아 미역 양식 어장을 시설한 어민들은 논밭만 잃고 울릉도로 고기잡이 떠나는 사람이 꽤 많은 편이었다.

세상만사가 다 그렇겠지만 공급이 줄고 나니 다시 미역의 시세 가 안정되어 일찍 시작하고 끝까지 버틴 사람들은 매우 흡족한 수 입을 미역에서 얻고 있는 것이다. 지나간 이야기 한마디는, 처음 양식 미역을 생산했을 때는 돌미역과 양식 미역의 구분을 못해 돌 미역과 같은 값으로 판매되어 높은 소득을 올렸으나 차차 미역 품 질의 구분이 생겨 양식 미역은 돌미역의 30% 수준으로 오늘날까 지 거래되고 있다.

미역 종묘장 운영

;

    양식 미역은 씨앗을 사 와서 가이식을 하고 새 미역 싹이 발아하면 친선이란 굵고 든든한 본줄에 감아 키우는 사업인데 종자 값이 상당한 비중을 차지하고 눈에 보이지도 않은 종자에 대한 불신도 있고 이론상으론 종묘 생산 방법을 거의 알고 있는 우리는 아예 우리가 씨앗을 생산해 우리 것도 해결하고 지역에 수요가 많으니 팔면 큰돈을 벌 수 있을 것으로 큰 꿈을 안고 장갓불 공지에 20평 정도의 건축물을 우리 손으로 건축하고 서울에 부탁하여 현미경을 구비했다.

    미역의 씨는 미역귀에서 생산되는데 처음 발생하는 현미경적 종자는 유주자라 해서 조건이 맞으면 미역귀에서 나와 헤어 다닌다 해서 유주자이고 그것이 씨줄에 붙으면 자라서 아포체로 변한 후 수온이 20도 이하가 되면 미역이 발아하고 이것을 잘 길러 본줄에 감는데 첫해에 성공해서 많은 사람들에게 분양하고 나니 욕심이 더 생겨 마을 북쪽 공터에 다른 사람과 공동으로 또 한 동의 배양장을 건립했다.

우리 마을 부근 미역 생산자들은 종자를 구하려면 남해 부근에 가야 구할 것을 가까운 곳에서 구할 수 있어 매우 환영을 하였고 우리도 신나 했는데 그 후 몇 년간 조류의 변화와 높은 수온으로 지역적 불합리의 악조건을 뛰어넘지 못해 아쉽게 사업을 접어야 했다. 잘되었으면 돈 걱정은 안 했을 텐데.

분가

;

   그 무렵 부모님과 같이 살던 우리는 우리 집 맞은편 길가에 새로 집을 사고 살던 집은 아버지 어머니가 호망 어장 두 틀을 경영하며 사시게 하고 독립하였다. 새로 산 집이 워낙 낮아 허리를 굽히고 방으로 들어갈 정도였지만 길옆 화장실 등 부속 건물을 모두 헐어버리고 판잣집 상점을 차렸다.

   순이는 장사에 소질 비슷한 것이 있어 결혼 초부터 대구에서 옷가지와 신발 등을 사 와서는 조금씩 파는 걸 재미로 여기고 있었는데, 첫딸이 한 살쯤 되었을 때 아이를 업고 나와 같이 대구로 장사할 물건을 사기 위해 집에 있는 돈을 몽땅 끌어모아 가방에 넣고 비가 부슬부슬 내리는 날 버스에 몸을 싣고 대구로 향하던 중 영천 부근에서 둘 다 잠이 들었는데 옆에 탄 사람이 깨워 눈을 떠 보니 가방의 지퍼가 열려 있고 아이 옷 등이 찻간에 떨어져 있는 게 아닌가.

찻간 소매치기가 가방을 다 뒤져 돈 든 전대를 가져간 줄 알았는데 소매치기가 재수가 없었던지 돌돌 말아놓은 염색할 나일론 치마 뭉치를 돈다발로 알고 가져간 바람에 돈을 잃지 않은 가슴 쓰린 일이 있었지만 그래도 그 후 대구 물건을 사다 나르는 장사를 새로 차린 판잣집 점방에서 한동안 계속했다. 영해보단 대구가 먹히던 시절이었기에 가보사 사업이 번창하여 종업원들이 일용품을 우리 점포에서 조달하고 월말 회계 시 정산하는 것이 피차간 편리한 상거래였다.

우리 상점은 할아버지가 근무하는 날이 많았다. 우리 부부는 미역 작업을 하면 거의 밖에서 일하기 때문인데 아들 사업이 그런대로 운영되니 상점의 수익엔 별 관심이 없어 노인 친구들을 불러 한 잔씩 나누는 재미로 여생을 사신 것으로 안다.

정치망 제작 기사

;

1960년대의 동해안 수산업 중 연안 어장은 정치망 어업이 태동하던 시절이었다. 정치망 어장은 남해에서 죽방렴 정도가 고작일 때 우리 마을 앞에는 일본의 신식 어업인 정치망이 설치되어 방어, 고등어, 갈치, 농어 등 연안 고급 어종을 주로 생산하든 기술이 일본인의 면허 독점으로 다른 지역에서는 시설이 거의 없었고 북한 지역 신포 마양도에 있었다는 옛 어른들의 이야기를 들은 바 있었는데 우리 마을 정치망은 일제가 물러가고 몇 손을 거쳐 영풍수산이 긴 시간 경영하게 되었다.

수심이 깊은 바다에 설치하는 정치망의 제작은 기술이 특별한데 이 기술을 가진 사람이 우리 마을 일본인 정치망 기사였던 삼포일랑 씨가 한국인과 결혼하고 가족이 딸려 해방 후 일본 귀국을 포기하고 한국인의 자녀로 입양하여 박삼포라는 한국 이름을 가지고 정치망 기사 일을 하면서 기술을 우리 마을 사람 몇 명에게 전수하게 되었고 나는 호망을 하면서 호망을 확대 시설한 것이 정치망 어장 구도임을 알고 있었고 아버지가 삼포 씨에게 대모망(대형 정치망 명칭임) 도면을 얻어 나에게 준 것을 참고로 정치망 설계 및 시설의 대망을 알게 되었다.

그 후 군 수산과에서는 여기저기 마을마다 정치망 면허를 발부하여 경남, 경북, 강원도까지 여러 곳에서 정치망 기사를 찾았고 내가 설치한 이웃 마을은 남으로 오보, 대탄, 대부, 하제와 그 남쪽 먼 지역에도 다녀왔고 북으로는 축산 사진 3동, 사진1동, 대진3동과 강원도 초곡이란 곳까지 다녔다.

정치망의 제작 기간은 크기에 따라 차이는 있지만 보통 1개월 정도의 기간이 걸리고 대우는 정치망 한 틀은 10여명의 생업이 걸린 문제라 제작자의 책임도 컸기 때문에 보수 또한 특별해서 보통한 틀을 제작, 투망하여 생산을 시작하면 정치망 일반 종사자의 1년 치 급료와 비슷한 정도여서 한번 제작 과정을 마치고 귀향하면 친구들에게 크게 한탕 베푸는 것이 불문율로 되어 있었다. 제작 기술을 배우기 위해 많은 사람이 신경을 쓰긴 해도 한번 잘못하여 실수라도 하는 날엔 남의 수많은 재산을 날리는 모험이기 때문에 자신이 확실하거나, 잘못될 경우 아예 사는 곳에서 사라질 각오가 없으면 약하게 사는 게 현실적인 올바른 선택이었을 것이다.

그러한 이유 때문에 우리 마을 사람 몇이 동해안의 정치망 설치를 도맡아 하고 있었으나 세월이 흐르면서 각지에서 제작 기술을 이수한 사람들이 생겨 이제는 대부분 자급자족하는 형편이 되었다.

아버지의 별세

;

아버지는 1976년 10월 16일 별세하셨다. 병명은 폐렴 증세로 3개월 정도 앓으셨으나 정신은 매우 맑은 편이었는데 아무리 병원에 가자고 졸라도 내 병은 내가 안다고 고집을 세워 집에서 간호를 했는데 어느 날 혼자 주무시던 방에서 인기척이 없어 방을 들여다봤더니 아버지께서 객혈 증세로 돌아가셨다.

그해가 음력으로 윤 8월 20여 일이었으나 앞으로 제사를 지낼 경우 윤 8월이 언제 올지 모르니 제사 정일이 시원치 않아 음력 제일을 피하고 양력으로 지낼 작정을 하고 10월 15일을 제사일로 고수한 결과 계절과 날짜가 잘 맞아 다행으로 여기고 있다.

아버지의 일생을 돌아보면 매우 기구한 한평생이셨다. 33세에 내 어머니인 첫 부인을 사별하고 재혼 후 48세에 두 번째 어머니가 돌아가시고 60세경에 세 번째 어머니마저 서로 갈라서게 되어 65세까지 홀로 살아야 하는 외로움을 맞았다.

그때 내 생각은 60쯤이면 노인이기에 부인 없이 혼자 살아도 될 것으로 생각했는데 후일 내가 그 나이가 되고 보니 인생의 60은 생각 나름으로 한창인 걸 모르고 늦게 떠난 어머니를 찾지 않은 것이 후회가 되었으나 이미 지나간 이야기가 되고 말았다.

아버지는 키도 크고 힘도 좋고 구변도 달변이었다. 매우 남자다운 기색이 많은 편이었는데 그러다 보니 집안 문중을 생각하다 본인의 형편이 어려워져 처자식을 매우 고생을 시켰지만 그래도 뒷일 내가 가정을 일으키고 사업도 늘려 안정된 삶을 유지토록 한 것이 그나마 다행한 인생을 영위할 수 있었는데 셋째 어머니와 뜻이 맞지 않아 후회의 마지막을 맞이했을 것 같다.

나에게는 엄마가 많았다. 나를 낳은 엄마, 나를 힘들게 했던 두 번째 엄마, 내가 찾아가서 모셔 온 이상한 엄마, 나도 알면서 모른 체해야 했던, 아버지 옆을 맴돌던 엄마. 그런데 네 번째 엄마가 하는 얘기는 참 재미가 있다. "병철아, 내가 너 엄마다." 집에 한 번 온 일도 없는 보통 옆집 아주머니로 알았는데 엄마란다. 그걸 내가 어떻게 반대할꼬. 아버지의 세월은 그렇게 좀 어지러운 듯 지나갔다.

대구로 이사(아이들의 진학)

;

1979년 영옥이 축산중학교 3학년이 되었고 중강이가 경정초등학교 6학년, 승환이가 4학년에 이르렀다.

중학교를 졸업한 영옥이가 학교 선생님들의 권유로 대구제일여상으로 원서를 냈더니 합격 통지를 받았다. 여자가 상업고등학교

를 졸업하면 은행 등 취업이 쉽다고 선생님들이 추천하는 바람에 당시 고등교육을 받아보지 못한 우리 형편에는 더 나은 교육과정이 있었음에도 고교 교육을 잘못 시키는 바람에 영옥이가 졸업을 앞두고 다시 대학 진학을 원하는 과정에서 학력고사 성적을 올리지 못한 결과로 계명대학 회계학과로 진학의 길을 선택할 수밖에 없게 되었다. 일반 학교로 진학의 길을 밟았다면 좀 더 나은 길을 걸었을 수도 있었을 텐데 운명인 걸 어쩌나.

딸아이를 외지로 공부를 보낸다는 것이라 또 중강이와 승환이를 외지로 공부시킬 경우를 생각해서 아예 대구로 이사할 결심을 하게 되었는데 그때나 지금이나 살던 곳을 떠나 다른 곳에 이사하여 정착하기란 매우 어려운 일인데도 나는 많은 고민을 하지 않은 채 가보사의 소득만 믿고 이사를 결행했다.

염장과 경정에 있는 논 1,000여 평을 팔고 건너산 밑에 있는 집도 팔았다. 호망 두 틀을 합쳐 마련한 돈이 2,500만 원 정도 되었다. 당시의 염장 논 시세가 평당 3,000원 정도였으니 8천 평을 살 수 있는 돈인지라 농사로 보면 이 지역으로서는 부농에 가까웠으리라. 집은 후일을 생각해서 팔지 않고 가보사도 상당한 수입이 있는 사업장이라 대구의 생활 자금을 기대하고 이사를 하게 되었다.

대구에 사촌 형님이 있어 이사할 전셋집을 부탁했더니 내당동 형님 집 부근 고가 집을 구하게 되었는데 본채는 우리가 방 3개와 부엌을 사용하고 옆방에 젊은 부부가 살고 있었고 건너편 별채는 다른 2집이 기거하는, 이른바 집 한 채에 4가구가 거처하는 집에 이사를 하게 되었다.

이사는 1980년 정월 보름 후에 하게 되어 중강이가 축산중학교 1학년이라 대구에 학교 배정이 되지 않아 집에 남겨두고 초등학교 5학년인 승환이와 영옥이 넷이 이사를 해서 승환이는 내당초등학교에 편입되었다.

아이를 전학시키려 학교에 갔더니 아침 조회 시간에 운동장에 아이들이 집결해 있는 것이 운동장을 꽉 메워 꼭 콩나물시루에 콩나물이 빽빽이 서 있는 것과 흡사했다. 한 학년 반 수가 10여 반을 넘어 오전 오후반을 편성하는 형편이었다. 중강이는 하는 수 없이 석만 삼촌을 우리 집에 살게 하고 삼촌의 보호 아래 대구에 편입이 결정된 9월까지 축산중학교를 다니는 형편이라 혼자 떨어져 있는 것이 안타까웠으나 어쩔 수 없는 일이었다.

그해 가을이 되어 대구 경구중학교에 편입이 허가되어 중강이도 대구로 오게 되었다. 대구가 여름에 몹시 덥다는 것은 전국적으로 알려진 일이지만 직접 살아보니 경정에 비해 너무나 더워 어찌할 바를 모를 정도였다. 고향 경정은 오후 3시 이후엔 바닷바람이 들어와 더위를 모르고 여름을 지냈는데 대구는 오후가 되면 지열이 올라 밤 11시가 넘도록 자꾸 더워져서 밤잠을 자기가 어려웠다.

그 가운데도 사는 요령은 생기게 마련이어서 집 모퉁이 바깥 수돗가에 모포 같은 것으로 주위를 가리고 네 집의 남자들이 먼저 샤워를 하고 나면 여자들이 같이 샤워하며 더위를 식히는 생활 방식이 자연스럽게 이루어지는 것이었다.

대구에서 아무것도 하는 것 없이 한 달에 한 번 고향에 내려가 가보사의 생산 수익을 가지고 대구로 올라오는 생활을 계속하기도 그렇고 해서 마땅한 점포라도 하나 얻어 무슨 장사라도 해보려 했지만 이것저것 들여다봐도 마땅한 것이 없어 새로 짓는 점포를 동대구역 부근에 하나 분양받기로 하고 당시 32평짜리 아파트 1채 값인 2천만 원에 제일아파트 앞 1층 상가 하나를 분양 신청하게 되었다.

동대구역 부근 신암사거리 파티마병원 맞은편 제일아파트 앞 6층 상가의 1층 점포 1개를 분양받았는데 점포 면적이 10여 평이었으나 점포의 높이가 5m에 가까워 2개의 층으로 분리 공사를 해야 했다. 대구의 대원 형님과 고향에서 건축업을 하는 친구를 불러 상가를 2개의 층으로 분리하고 아래층은 점포로, 윗 층은 살림집으로 집을 새로 짓는 만큼이나 공사를 하고 보니 분양금 2천만 원에 공사비 5백여 만 원에 비품, 장치 등 100여 만 원을 합해 2천 6백만 원이 소요되었다.

점포 뒤쪽에 화장실과 창고를 시설하고 보니 테이블 6개 정도를 놓을 만큼의 조그만 점포에 역전이라 다른 장사는 별로였고 식당을 차리는 것밖에 할 만한 직종이 없어 우리가 직접 운영할 수 있는 분식집을 차리고 상호를 제일분식이라 하여 국수와 된장찌개를 위주로 식당을 경영하게 되었다.

집세가 없으니 식당 서빙 아주머니 한 사람의 인건비 외엔 지출
이 없어 우리 다섯 식구의 식생활은 메꾸어나가고 많은 지출금은
고향의 어장에서 해결하는 형편이었다. 그런데 문제는 아이들의 통
학 거리였다.

영옥이가 계명대학이라 동대구역에서 먼 거리였고 중강이는 경
구중학에서 달성고등학교로 더 먼 곳이었고 승환이도 평리중학교
를 배정받아 동대구역 앞에서는 모두 먼 거리를 버스로 통학하는
불편이 있었으나 모두 참고 열심히 통학을 하는 것이 고마울 따름
이고 다른 방법은 없었다. 승환이는 평리중학을 졸업하고 대건고
등학교에 배정되었다.

달성고등학교는 국립이고 학교의 역사가 짧은 대신 젊은 선생들
이 아이들 진학에 많은 신경을 쓰고 공부를 시키는 데 반해 대건
고등학교는 사립이라 교사들이 학교 재단과 연관 있는 사람들로
나이가 많고 아이들 진학에 별 관심을 가지지 않는 것 같았다.

한번은 학교를 찾아가 아이들 진학에 대한 학교의 대책을 문의
하였더니 담임 왈, 우리 학교는 사회 전 분야에 적응될 학생을 교

육하는 데 목표가 있지 진학은 본인의 자유 의지이지 학교에서는 진학을 위주로 교육을 시키지 않는다는 원칙 비슷한 말만 하는 선생을, 내 학교가 아니니 뻥뻥이를 돌리지도 못하고.

그러하니 서울대 입학생이 눈에 띄기 어려울 수밖에. 학생들은 평균적 배정을 받는데 학교의 수업 방법에 따라 SKY 대학 입학 학생 수가 달라지는 것이 사실이었으나 입학 배정식 교육은 제비뽑기와 같아 잘 뽑으면 기회가 더 생기고 잘못 뽑으면 어찌해볼 도리가 없는 일이었다.

그럭저럭 3년여 식당을 경영해보니 도저히 계속할 수 없는 수입이었고 고향의 가보사도 투자를 많이 하여 큰 규모로 확장하고 보니 그렇게 많이 잡히던 쥐치가 자취를 감추고 생산이 인건비를 감당하지 못해 수입은 기대하기 어려운 형편이었다.

이 무렵 생맥줏집이 유행을 타고 있어 경험도 없이 식당을 생맥줏집으로 바꿔 영업을 시작하였다. 식당처럼 부식이며 잔일이 적은 장사라 바쁘지는 않았지만 그것 역시 수입이 들쭉날쭉하고 술장사이기 때문에 시끄럽고 신경 쓰이는 일이 많아 1년쯤 하다 접고 부동산 중개업을 시작했다.

집이나 점포의 매물이 제법 들어오고 편안한 소파에 앉아 손님들을 맞이해봐도 수입이 생기는 매매나 임대의 결실은 매우 어려워 사업이 영 시원치 않았다. 허기야 부동산 경기 하강 기간이 몇 년째 계속 이어지고 있었으니까. 지역이 역전 상가 지역이라 부동산과 더불어 현금 차입을 원하는 사람이 많아 한 건 두 건 이자 높은 일수 대출에 매우 흥미가 생겨 돈을 빌려주고 이자를 받는 고리대금인 일수에 재미를 붙이게 되었다.

일수란 적은 단위의 돈을 여러 곳에 대출해주고 고리로 악착같이 받아내야 하는 신용불량자와의 극한 대립의 생존 전쟁인데 이자 높은 것만 알고 돈을 마구 대출해주고 악착같은 기질이 없는 우리 내외는 어느 날 큰 사기 대출에 걸려 매우 많은 돈을 떼이게 되었다.

어쩔 도리가 없어 고액 사기꾼 여자 2명을 경찰에 고소하여 사법 처리하고 일수 장사를 정리하고 보니 당시의 돈으로 1천 3백만 원의 손실을 보게 되었다. 점포를 다른 사람에게 임대하고 대구 반고개 넘어 신설 시장인 서남시장에서 과일 장사를 시작하게 되었다. 동대구역에서 서남시장까지는 버스로 30분이 넘는 거리를 엔진을 단 자전거로 왕래를 하고 아내는 버스로 출퇴근을 했다.

점포는 시장 입구 대로변에 천막을 치고 과일 등을 정리했고 시작 시점이 5월쯤이라 복숭아와 일찍 수확하는 사과인 아오리와 여름 과일인 참외와 수박이 주 상품이었다. 아침 일찍 서문시장 청과점에 가서 필요한 과일들을 도매로 사서 운반해주는 트럭에 싣고 판매장인 서남시장으로 옮기고 온종일 내외가 고함을 질러가며 과일을 파는 중에 여름철이라 수박이 제일 많이 팔리는 상품이었다.

수입은 별로였지만 비슷한 환경의 장사꾼들이 새 시장이라고 몰려들어 매출이 엇비슷한 어설픈 장사치들 몇이 있어서 서로 위로도 되고 경쟁도 해가며 서남시장 입구를 시끄럽게 시장 분위기를 만들고 있었다.

그러나 시일이 지나도 수입이 별로인 데다가 가을철이 가까워지고 아이들 대학 학력고사 시일은 다가오는데 장래가 걱정되고 이 과일 장사로는 큰 희망을 가질 수 없음을 느껴 다른 사업을 하기로 마음을 굳혀가고 있었다.

그때엔 인기 상품으로 충무에서 생산되는 우렁쉥이가 큰 비중을 가졌는데 고향 경정에도 멍게 양식이 시작되고 있어 이 장사가 소득이 괜찮다는 정보를 듣고 여기에 마음을 굳혀 1톤 봉고 트럭 1대를 구입하고 기사를 고용해서 남해 충무로 내려가 멍게 30여 상자를 구입해서 대구 골목시장으로 배달하는 장사를 시작했다. 멍게 한 상자가 40~50kg 정도인지라 무게가 말이 아니게 힘들었고 차가 들어갈 수 없는 좁고 긴 골목의 상가까지 배달하기가 여간 힘든 게 아니어서 이 장사 또한 계속하기가 어려운 지경이라 기사에게 부탁해서 운전 실습을 조금 한 후 내가 직접 운전할 작정을 했으나 우리 집 옆 공터에 주차하고 내려오는 길에 차를 상가 벽에 부딪혀 사고를 내고는 차를 정비소에 맡겨 바로 처분하고는 멍게 장사도 막을 내렸다.

영옥이는 계명대학 3학년, 중강이는 대학 입학을 앞둔 시점인 1986년 대학 학력고사에서 좋은 성적을 내어 서울대학교 진학이 가능하다는 학교 선생님들의 추천을 받았으나 우리 형편이 매우 힘든 상황이라 교육비가 안 드는 과학기술대학이 그해 처음 설립되어 그곳으로 보내는 것이 경제상 유리할 것이라 생각하고 담임 선생과 상의를 해본 결과 선배들의 사회 전반의 영향력을 감안하면 전통이 있는 서울대학교가 유리하다는 선생님들의 권유를 받아들여 서울대학교로 진학을 결정했고 그때 처음 개설된 컴퓨터공학과에 입학이 결정되었다.

공학 계열에서 가장 선호도가 높은 학과였고 거기에 입학하는 것이 속칭 하늘의 별따기라고들 옆에서 칭송을 하였으나 당시로서는 처음 생긴 학과라 큰 기대를 걸었었고 주위의 많은 사람들의 축하를 받았으나 앞으로의 교육비가 큰 걱정거리라 학교에 기숙사가 있다기에 기숙사 입소를 부탁하기 위해 서울대학교 기숙사 사감을 방문하게 되었다.

사감장을 만나서 기숙사 입소할 신입생이 천여 명인데 여러 사유로 인해 입소를 못 할 신입생이 생길 것이니 후보로 뽑아달라고 부탁하였더니 사감장 왈, 그런 사고를 대비해 후보로 100명을 이미 추천해놓았으니 도저히 중강의 입소가 불가능하다는 얘기를 듣고 포기를 해야 했다.

사감장 얘기로 학교 생기고 기숙사 입소를 부탁하러 온 학부형으론 우리가 처음이라는 얘기를 듣고 무식하면 용감한 법이니 그것도 기록이 아니었나 하고 웃음이 나왔다. 어쩔 수 없이 신림동 학교 주변에 하숙집을 찾아 방 한 칸을 구해 입주금을 지불하고 저녁 열차로 대구에 도착하니 저녁 9시경이었다.

그런데 10시쯤 서울대학교 기숙사에서 전화가 오길, 내일 10시까지 김중강의 기숙사 입소를 신청하라고 하는 게 아닌가. 이런 걸 지성이면 감천이란 말로 표현하는 것이 정도일 것이다. 이튿날 다시 서울행 열차를 타고 하숙집을 찾아 사정을 얘기하고 입주금 반

환을 요구했더니 하룻밤 사이 2만 원을 공제한 10만 원을 받고 해약을 한 후 기숙사에 입소시키고 대구로 귀환했다.

그렇게 힘들게 기숙사에 들어간 아들이 1년 후 기숙사를 나오겠다는 것이다. 당시는 대학생의 과외 수업을 법을 만들어 금지 시키고 있었는데 그러다 보니 알게 모르게 비밀 과외가 성행하게 되었고 위법을 감수하고 하는 과외를 몰래바이트라고 부르며 과외비도 예전의 2배로 올랐으니 돈이 부족한 학생들은 더욱 몰래바이트의 유혹을 느낄 수밖에.

그래서 다음 해 2학년이 되어서는 서울대학교 부근 봉천동에 방한 칸을 얻어 자취를 하다 집주인의 집 관리가 마음에 들지 않아 신경을 쓰다 우리 시골집 이웃 사람이 부천에서 집이 여유가 있어 그 집 옥탑방으로 옮겨 살게 되었다. 부천에서 학교까지는 매우 먼 거리인지라 2호선 열차를 이용했는데 구로역과 부천역은 그야말로 인산인해인지라 앉아 가기는커녕 서서 밀리기가 입구에 타기만 하면 가만히 서 있어도 3~4미터를 자동으로 밀리는 기현상을 겪어야 했다.

강남 터미널에서 열차를 탈 때 시골집에서 반찬거리를 박스에 담아 고속버스로 열심히 운반한 짐을 보고 지하철을 타면서 중강이가 하는 말, "엄마, 이거 버리고 갑시다"였다. 사람 발이 놓일 자리가 없는데 박스 짐이 들어갈 구멍이 있을 리가 있나.

그래도 천 리 길 모시고 온 짐을 버릴 수야 있나. 엄마가 머리에 이고 찻간에 들어가 발밑에 놓으면 짐은 저절로 발길에 밀려 어디로 갔는지 내릴 때는 한참을 찾아야 했다. 그래도 몇 년간 영옥이는 회사로, 중강이는 서울대로, 승환이는 한양대로 먼 거리를 통학하며 겪은 고생이 얼마였겠냐만 그것도 인생에 지워진 업인 걸 인력으로 바꿀 수가 없었겠지. 지나고 보니 추억이긴 해도 씁쓸한 생각을 지울 수가 없구나.

귀향

;

   대구에서 사채놀이 사업에 실패하고 금전적 손실이 많아 점포를 처분하려 해도 부동산 경기가 7년을 하향하여 7년 전 2천 6백만 원에 마련한 점포가 2천만 원에도 팔리지 않는 형편이라 이웃집에서 빌린 돈 300만 원 때문에 점포가 가압류되는 형편이 되어 할 수 없이 2천만 원에 점포를 팔고 빚 정리를 하고 보니 600만 원만 남게 되어 어쩔 수 없이 고향으로 귀향하는 형편이 되었다.

   대구 생활 7년, 희노애락이 없을 수 있으랴. 초기엔 대구에도 자가용이란 말은 남의 나라 얘기였고 공장 지대이니 명색이 사장이란 이름 비슷한 사람들이 여름휴가로 해변을 며칠 갔다 와서 약간 검을까 싶은 피부를 부의 상징으로 자랑하던 시절이라 서민들은 아예 장거리 휴가는 남의 일이고 기껏 멀리 간다는 것이 시내버스의 만원 칸에 억지로 끼어 타고 동화사 계곡에 가서 발목을 물에 담그고 해수욕장의 자맥질을 한 것처럼 신이 나 하던 외유에서 병아리보다 약간 굵은 낡은 닭 한 마리 요리해 먹고 집에 와선 소 한

마리 먹은 듯이 이웃에 자랑하던 참 신나는 재미도 있었지만 특히 우리 지역 역전 상가는 한 달 내내 하루도 쉬는 날 없이 계속 장사를 해야 하니 외유를 하기가 하늘에 별 따기였다.

상가에 입주한 지 얼마 되지 않아 동구청 직원이 우리 집에 왔고 같이 술을 마시면서 이런저런 얘기를 하던 중 상가의 건축상의 세금이 입주자에게 과도하게 책정되었으니 이의 신청을 하면 상당액을 환불받을 수 있다는 정보를 제공받고 상가 일곱 집의 주인을 소집해서 사유를 설명하고 같이 이의 신청을 하기로 하고 내가 나서 이 일을 성취하였는데 한 집당 50여 만 원의 혜택을 보게 되어 모두 반가워 마지않았는데 그때의 50만 원은 꽤 큰돈이었기 때문이다. 그로 인하여 상가 친목회를 만들고 시간이 허락하는 대로 같이 야외에 나가 술도 한잔하면서 친목을 도모하고 내가 귀향할 때까지 매우 친하게 지내게 되었다.

어느 지역을 가나 고향에서 멀리 떨어져 살면 고향 사람끼리 만나는 일이 있게 마련이고 우리 고향 사람들도 나이가 엇비슷한 사람이 예닐곱은 되었다. 그래도 내가 나이도 좀 있는 편이라 마을 친구들을 모아 친목회를 조직하고 그 이름을 경우회라고 칭했다. 매월 1회 모여 회식을 하고 고향 소식과 지나간 옛이야기며 살아나가는 여러 가지 정보도 교환하는 자리를 만들었고 가끔은 나이 많은 아가씨 집도 들러 그때 유행하던 지루박이나 도르또라는 신식 춤도 자랑하곤 했다.

 우리는 대구에 오기 전부터 그때 지루박이라는 춤바람이 시골인 경정에도 불어닥쳤고 우리 부부는 남몰래 강구까지 다니면서 춤을 배우는 열성파였고 동대구 상가 3층에 춤 공장이 생겨 재수까지 하는 열의를 보였고 가끔 고향에 와서 동료들과 파티를 하거나 촌 나이트클럽에 가는 날은 인기가 대단했다.

 춤 얘기가 나왔으니 칠성시장 카바레에서 신나게 인기몰이를 한 사건이 있었으니 중강이가 2학년쯤으로 기억하는데 달성고등학교에서는 학생과 학부모가 참여하는 합창단을 운영하던 중 어느 날인가 대구의 중심인 대구역 앞 시민 회관에서 학생과 학부모의 합창 발표회가 오후 5시쯤 열리게 되었는데 어머니들은 한복 정장을 입도록 했고 잘 차린 김에 조금 일찍 출발하여 칠성 카바레에 들러 많은 사람 틈에 한복을 화려하게 차리고 지루박을 추며 돌아가는 모습은 보기에 따라 시선을 끄는 멋진 추억의 시간으로 오래도록 남아 있었다.

 대구에 이사하여 1년간 하는 일 없이 놀다 보니 대원 형님 주변에서 친하게 지내던 사람들을 자주 만나게 되어 그들과 사귀다 보니 친목계를 조직하게 되었고 몇 년간 몇 차례씩 여행도 다니면서 즐거운 추억을 만들었으나 아쉬움을 남긴 채 멀리 떨어진 곳에서 서로의 안부를 묻는 처지가 되었다.

　귀향하던 해가 승환이 고등학교 3학년이라 학력고사 시험 막바지에 최선을 다해야 할 시점에 도와주지 못하고 혼자 1년 동안 애쓰게 만든 실책은 두고두고 마음의 회한으로 남아 있다.

당뇨병을 치료하다

；

　1987년 10월경 다음 해 귀향을 생각하고 그동안 대구에서 소주를 많이 마셨기 때문에 아마 간 기능이 많이 나빠졌을 것이라 생각하고 대구에서 유명하다는 유호열 병원에서 간 기능 검사를 받아보니 간은 보통 수준이지만 당뇨가 있는 것 같으니 내과에 가서 정밀 검사를 받아보라는 의견을 듣고 우리 집 근처에 있는 김인식 내과에 가서 검사를 받아본 결과 당뇨가 상당히 심한 편이니 관리를 잘하라는 의사의 지시를 받았으나 당시에는 당뇨에 대한 약이 별로 없어 식이요법으로 관리하는데 체중이 눈에 띄게 줄어드는 것이었다.

　당뇨 진단을 받고 다음 해 2월(음력 정월보름)쯤 살림을 정리하여 귀향, 경정에서 다시 생활을 시작했으나 당뇨는 심해져서 체중이 18kg이나 빠져 80kg에서 62kg으로 갑자기 줄게 되니 피부는 그대로인데 속살이 빠져 얼굴이 쭈글쭈글한 이상한 모양이 되어버리니 친구들도 나쁜 병에 걸린 이상한 사람으로 여겨 곁에 같이 있으려

하지도 않았고 잔칫집 같은 곳에 가면 사람들이 내 옆을 피해 가서 식사를 하는 등 전염이 심한 위험한 환자로 인정하는 듯해서 억울한 일이지만 어쩔 도리가 없었다.

약이 별로 없던 시절이라 철저한 식이요법을 시행하기 위하여 봄에 산나물을 사다 말리고 식사는 보리쌀과 잡곡과 나물을 위주로 하면서 생콩가루에서 해당화 뿌리까지 좋다는 것은 이것저것 안 먹어본 것이 없을 정도였으나 당뇨 시험지는 계속 새까맣게 검색되었고 희망이 보이지 않았는데 생업상 어장에는 계속 나가 중노동을 해야 하는 퍽 고달픈 생활이었다.

병이 깊어지니 마음 또한 약해져 매우 우울한 날들을 보내던 어느 날 신문 지면 광고에 달개비가 당뇨에 효과가 있다고 한의원에서 많은 광고가 실려 관심을 가지고 달개비 풀을 찾던 중 영해시장에서 약초를 파는 할머니가 달개비를 구해준다기에 장날마다 찾아갔으나 이 할머니는 나타나지 않다가 2주쯤 후에 달개비 풀을 가지고 나왔는데 달개비의 소문이 퍼지자 비싸게 팔기 위해 약속을 어기고 다른 사람에게 넘기려는 것을 못하게 하고 우리가 사게 되었다.

이 할머니가 다른 사람들이 무슨 풀인지 모르게 하기 위해 달개비 풀의 잎을 전부 뜯어버리고 줄기만 축구공 하나만 한 것을 가져왔는데 세밀히 조사한 결과 구겨진 잎 3개를 발견하고 우리 주변에 많이 자라는 달개벼슬이라는 풀을 뜯어다 대조한 결과 같은 풀임이 증명되었다.

마른 달개비풀 줄기 한 움큼을 넣고 물 1되를 넣어 달인 후 식수처럼 마셨더니 10여 일이 지난 뒤부터 소변 검사에서 당 수치가 많이 감소한 것을 발견하고 열심히 복용하였더니 2개월 정도 후에 당뇨가 정상치를 이루는 게 아닌가. 그로부터 꾸준히 복용하였더니 체중도 늘어나고 몸이 정상이 되면서 좋아하는 술을 다시 먹을 수 있을 정도로 완전하게 건강이 돌아온 기적을 지금도 누리고 있다. 달개비 풀은 생명력이 워낙 강해서 땅에 10여 일 이상 말려도 비를 맞으면 다시 살아나는 끈질긴 힘이 있었다.

나는 이 풀의 신비한 효능을 믿어서 그 후 2년간이나 풀을 달여 식수 대신 음용했고 내가 당뇨를 고쳤다는 소문을 듣고 많은 사람들이 찾아와 음용 방법을 물었다. 나는 그 효능을 자세히 설명해 줬지만 모두 다 치료가 되었다는 소식을 듣지는 못했다. 약도 중요하지만 식이요법 또한 당뇨에서는 매우 중요한 치료 과정이기 때문에 가족이 열성적으로 협조를 하기에 따라 성과의 차이는 있었을 것으로 믿는다.

다시 어업 시작

;

　대구에서의 경제적 실패는 매우 큰 영향을 미쳤고 채무가 생각보다 컸다. 고향에 있는 친구와 시늘 매부한테서 각 500만 원씩, 총 1,000만 원을 빌렸기 때문이다. 당시 대구에서 18평 아파트 1채가 800만 원이었는데 전화 1통으로 거금을 보내줄 정도의 신용이 있었으나 대구에서 재산 정리한 후 남은 6백만 원으로 다시 어업을 시작하려면 양식 어장을 구입해야 했기 때문에 부채를 갚을 형편이 아니었다.

　가보사에 승선하여 어업을 다시 시작하면서 미역 양식과 멍게 양식을 시작했다. 가보사는 쥐치 잡으려고 너무 먼 바다에 설치했기 때문에 인력이 많이 필요했고 고기는 영 잡히지 않아 운영이 매우 어려운 상황이어서 주주들과 많은 의논 끝에 매각하기로 결정하고 석동 주민들에게 양도하였으나 매매 대금으로 어장의 부채를 정리하고 나니 별로 분배할 돈이 없었다. 그 무렵 처갓집 호망이 매물로 나와 최부식 동서와 같이 구입하여 다시 호망을 운영했다.

호망은 사실상 무허가 어장이라 시대의 변화에 따라 통제가 심해져 운영에 어려움이 많았다. 미역 어장이 소득은 좀 있었으나 봄한철 계절적 사업이라 집 식구는 그 무렵 남미 포크랜드에서 잡아온 냉동 오징어를 해동해서 말려 팔기 시작했다.

수년간 국내 오징어가 생산되지 않아 말린 외국 오징어도 잘 팔려서 재미가 좀 붙을 무렵에는 영덕 영해시장에서 우리를 포함 세 집 정도가 포크랜드 오징어를 말려 팔았는데 그 후 차차 오징어 건조 사업이 늘어나더니 영덕군 전체가 오징어 건조 사업에 참여하여 붐을 이루던 차에 국산 오징어가 다시 생산되기 시작하여 오징어는 영덕 지방의 큰 사업으로 성장했다.

미역과 더불어 오징어 건조 사업으로 형편이 조금 나아져서 친구의 채무는 정부 이자로 상환했고 시늘 매부의 돈은 원금만 상환하는 형편이 되어 그래도 마음의 큰 짐을 내려놓게 되었다.

그 후 호망은 2년여 운영하다 군 수산과의 무허가 어장 정리 사업에 따라 폐업하고 2010년경까지 오징어 말리는 사업을 계속했으나 동해 바다의 생산량 감소로 가격이 자꾸 올라 도저히 수지가 맞지 않아 사업을 접기로 하고 미역은 2017년 2월 가족이 뇌경색을 일으킬 때까지 계속하다 접고 말았다.

할망의 나이가 77세, 내 나이가 80이니 더 할 생각이 있어도 하늘이 쉬라는 메시지로 알고 일생 동안의 생업을 끝마치게 되었다. 대구에서 귀향한 지도 어언 30여 년의 세월이 흘렀고 그동안의 희비애락의 인간사야 오죽이나 많았겠냐마는 세월의 무덤에 묻혀 넘어가고 형모와 하연이 손주들을 짧은 기간이나마 키워온 추억은 오래도록 남아 있는 걸 보면 사람은 같이 살아야 정이 생기는 이치를 터득하게 되는 것을…

아이들의 결혼

;

    아이들의 나이가 어느덧 혼기에 가까워지니 결혼시킬 일이 자연스런 걱정거리가 되어가고 있었는데 결혼은 하늘이 맺어주는 인연이 있어야 된다는 옛말이 있어 하늘만 믿었으나 땅이 인연을 맺어준다는 사실을 늦게야 알게 되었다.

    옛날에는 혼사가 그의 중매쟁이 넉살에 넘어가는 추세였지만 시대가 땅으로 바뀌다 보니 결혼 적령기를 어느 땅에서 살고 있었는가에 따라 결정되는 게 시대적이라. 맏이인 영옥이는 대구 계명대 부근에서, 중강이는 관악산 밑 동네에서, 승환이는 서울 한양대 부근에서 자기 짝을 맞추었으니 인연의 최대 공헌은 어느 땅에서 적령기를 살았는가로 볼 수 있지 않은가.

    그렇다 하더라도 상대를 유인하는 재주는 있어야 결혼도 가능하겠기에 우리 아이들의 짝 찾기 능력은 부모의 잠재력을 잘 이어받은 것 같다. 영옥이는 봉하가 고향인 우호대라는 청년에게만 시집

간다고 우겨 자기 좋아하는 대로 결혼시키기로 하고 1991년 12월 29일 13시 영덕읍 농협예식장에서 식을 올리기로 하고 내가 육성회장 시 경정초등학교 교장으로 부임하여 새 교사 이전 사업을 이끈 신화진 교장 선생님을 주례로 식을 올린 뒤 몇 개월 후 우 서방이 인도로 근무지가 정해져 인도로 가서 몇 년 살다 귀국했다.

중강이는 포항이 고향인 금순희와 인연을 맺어 1993년 10월 31일 영해 귀빈예식장에서 혼례를 올렸다 그 시절 예식은 식장에서 올리지만 하객의 중식은 집에서 접대하는 것이 보편적이었으나 우리는 영해식당에서 하객을 대접하였더니 집안 사람들이 하객 대접으로 인한 고생을 면하게 되어 대찬성을 받은 바 있다.

승환이는 1998년 4월 5일 문경 점촌 궁전예식장에서 결혼식을 올렸는데 결혼 당일 비가 워낙 많이 와서 영덕서 점촌까지 가는데 고갯길이 많아 큰 걱정을 하였으나 버스 기사가 매우 운전을 잘해서 차 안에서 춤추고 노래하는 승객을 안전하게 모시는 바람에 그 후 우리가 외지 여행 때마다 꼭 그 기사를 이용하는 인연이 되었다.

진갑 잔치, 칠순 잔치

;

　우리 아버지 시대에는 환갑잔치가 전 주민을 대상으로 음식을 장만해서 대접하는 것을 효도 행위로 여겨 집집마다 그런 행사를 치렀으나 나의 시대에는 환갑이 너무 젊은 나이여서 대부분 동네 행사를 치르지 않고 집안만의 행사로 줄여 치르는지라, 우리도 집안 식구들만 대동하고 영해식당에서 저녁 식사를 하고 당시 유행이었던 나이트클럽에서 흥을 돋우며 시간을 보내고 사진만 둥그렇게 찍어 지금도 가끔 쳐다보면서 그때를 추억할 때가 있다.

　유수같이 흐른다는 세월이 어느덧 칠순을 맞이하게 되자 아이들이 뜻있는 잔치를 치르기로 하고 경주 현대호텔에서 거행하게 되었다. 그 시절 이 지역 칠순 잔치는 대부분 칠보산식당에서 치르는 것이 좀 크게 하는 형편이고, 보다 실리적으로 영해식당에서 집안 식구들과 친구를 모아 저녁 식사하는 정도가 많았고 경주 등 외지로 나간 것은 우리가 처음이었다. 버스 2대를 불러 남녀 친구들과 집안 식구 모두를 호텔에 모시고 유능한 사회자를 초청하여 재미

있고 즐거운 하루를 보냈다.

　우리 지역에서는 누구도 그렇게 화려한 잔치를 치르지 않았는데 아이들에게는 좀 부담이 되었겠지만 우리 부부는 매우 자랑스러웠고 행복감을 느낄 수 있었다. 특히 대구에서 중강이 고교 어머니 회원들이 부부 동반으로 참석해서 축하를 해주었고 그해가 황금 돼지해라 금 돼지 기념품을 받은 게 너무 감사했다. 세월이 흘러 우리를 축하해준 많은 분들이 지금은 영면한 분들이 많아 안타까운 일이지만 세월을 이길 장사는 없다 하니 순리를 따를 수밖에.

여행

;

   신혼여행이란 행사가 없던 우리 시대에도 세월이 흐르다 보니 관광이란 단어가 쓰이기 전에 여행이란 행사가 생기기 시작했다. 물론 학생 시절에는 수학여행이 졸업 전에 한 번씩은 겪는 행사였으나 성인, 특히 부부간 외지로 나가는 여행은 거의 없었으나 우리는 좀 유난히 신식인 체하면서 마을에서 처음으로 부부간 10여 쌍이 1968년경 경주에 여행을 가게 되었다.

   난생처음 가는 부부간 여행이라 마음은 들뜨고 준비는 거창했으나 여행객인지 어느 예식 참석인지 관광차를 타러 나온 부부간의 복장이 반짝이는 구두에 양복 정장과 넥타이는 물론이고 부인들은 화려한 한복을 끌다시피 차려입어 예식장 혼주와 같은 차림으로 관광차에 올라서도 서로 웃고 즐거워했다. 여행의 내용은 남자들 술판 차리는 게 부인들의 주 임무였지만.

   그렇게 여행을 한 번 다녀온 후 여행계를 모으기 시작하여 친구간에 친목계 동갑들이 모이는 동갑 여행계 여자들은 그들대로 부녀회 여행계가 생기고 좀 뒤에는 경로회 여행 등의 행사로 남자들은 한 해 두세 번 정도이고 여자들은 보통 연간 3~4회쯤 국내 여행을 다녀 전국 볼 만한 관광지는 안 가본 곳이 없었고 가본 곳도 새로 단장했다고 다시 가보는 일이 비일비재였다.

1971년 5월 친구의 처 고향이 제주도여서 가족의 초청으로 우리 친구들이 첫 제주 여행을 가기로 했다. 승환이가 3살쯤 되어 집에 맡기기가 마땅찮아 데리고 갔다. 외국 가는 기분으로 여자들은 처음으로 원피스라는 유행 옷을 맞춰 입고 부산에서 1,000톤쯤 되는 아리랑호를 타고 밤바다를 항해하는 광경은 참으로 멋있는 경관이었고 제주도에 도착하여 친구 형제의 도움으로 한경면 민가에 숙식을 하면서 변소에 돼지를 키우는 것을 처음 목격하고 여자들이 놀라서 야단을 떨어야 했다.

봉고차를 빌려 제주도를 일주하던 중 산방산에 올라갔을 때 승환이를 차에 재워두고 갔다 오니 아이가 깨어 울고불고 야단을 쳐 기사가 업고 달래고 있었던 게 기억에 남는다. 귀향 때는 난생처음 타본 비행기로 김해공항에 내려 귀가한 후 처음 가본 제주도 여행 경험이 이웃 친구들에게는 자랑할 만한 행사였다.

그때의 제주 여행은 우리가 다녀온 오랜 후에 보통 가보는 먼 여행길이 되었다. 해외여행으로는 2001년 6월 중국 연변과 백두산 관광이 있었다. 여러 절차와 과정을 거쳐 5인승 승합차를 타고 백두산을 올라 천지에 이르니 6월 초인데도 천지의 반은 얼음으로 차 있었다. 3대가 적선을 해야 맑은 천지를 단번에 볼 수 있다는데 우리는 몇 대를 적선했는지 처음 가는 천지가 맑고 아름다워 축복을 받은 기분이었다. 그렇게 백두산 천지를 노래하던 남한의 한을 푸는 것 같은 느낌을 받았다.

천지폭포이거나 백두폭포로 불러야 할 우리 땅이 어쩌다 중국에 뺏겨 높은 절벽에 소리쳐 내리는 장백폭포를 보면서 시대의 한 자

락을 원망해보기도 했다. 천지연도 볼 만했지만 백두산 정점에서
북동쪽으로 뻗은 숲의 대평원은 새로운 감회를 느낄 수 있었다. 그
길로 자금성과 만리장성 등을 관광하고 중국 대륙이 넓다는 것을
새삼 느낄 수 있었다.

2002년 11월쯤 제주도로 가족여행을 다녀왔다. 우 서방 가족이 빠져 아쉬웠으나 그런대로 재미있는 여행길이었고 특히 형모가 제주 축구장 부근에서 차에서 내리라는 제 아버지의 명령에 "내가 왜 내려요" 하고 반발하다 얻어맞은 기억이 아직도 잊히지 않는다. 손자들과 귤밭에서 놀던 일과 말 목장에서 할망과 손잡고 말 타던 기억이 어제 같은데 세월은 벌써 저 건너편에서 아른거리고 있다.

2003년 6월에는 울릉도로 친구들과 여행을 갔다. 처남 이태광이 해경으로 근무 중이었기에 처남 방을 빌려 2일간 머물며 울릉도의 여러 곳을 둘러보았으나 독도는 사정에 의하여 가보지 못했다. 역시 오징어 회를 많이 사 먹은 걸로 기억한다.

2004년 6월 일본 구마모토 지방을 관광했다. 일본행은 비행기가 아닌 배로 가기로 했다. 제주도 갈 때는 천 톤 가량이 그렇게 큰 배로 보였는데 일본행에는 만오천 톤이라 배라기보다 육지와 같았다. 밤바다를 바라보는 운치는 역시 배를 타고 항해를 해봐야 느낄 수 있었고 일본에 입항 후 구마모토 성으로 이동하여 아소산과 벳부를 방문하였다.

벳부는 묘하게도 태평양을 동쪽으로 바라보는 해변 마을로 우리 마을 뱃불과 발음이 비슷하고 해안 환경도 해수 찜질방이 많다는 것을 제외하곤 비슷했다. 가는 곳마다 지역적 특성은 있게 마련이지만 그곳에서 특별히 느낀 점은 꽤 큰 도시를 지나가는데 도로에 차가 하나도 보이지 않았다. 점심때쯤인데 모든 시민이 일과 시간이라 한국처럼 도로를 차를 타고 다닐 필요가 없다는 것이다.

여관에서 식사 시 노인 접대부들이 시중을 들어주었고 반찬이 아주 적어 걱정을 했는데 식사를 하고 보니 남지도 모자라지도 않는 정확한 맞춤에 놀랐다.

2006년 6월 2일 온 국민이 금강산 간다고 난리를 치는데 우린들 왜 금강산이 보고 싶지 않으랴. 휴전선을 넘어 설레는 마음으로 북한 땅을 넘어서자 첫눈에 띄었던 건 논에서 모내기하는 농민들의 모습과 드문드문 서 있는 전주대의 신기함이었다. 6월 초이긴 해도 남쪽에선 모내기를 다 마쳤는데 북쪽에선 20여 명이 몰려다니며 논 다루기를 하고 있었다. 경운기 한 대면 하루에 마칠 일을 20여 명이 노는지 거니는지 논에 몰려다니는 현상은 우리로서는 이해하기 힘든 농사 과정이었고 전방 지역이긴 해도 전주대가 꽤 오래된 고목나무로 설치된 것이 해방 전 우리 마을에 서 있던 나무 전주대보다 건실치 못한 것 같았다.

그래도 장전항에 들러 해상호텔(현대 작품)을 보고 구룡폭포와 삼일포를 둘러보며 영원히 못 볼 절경을 보고 온 것이 큰 성과였고 쉬는 곳에서 북한 안내원들이 서비스하는 막걸리를 마셔본 것이나 금강산 호텔에서 쉬어본 것도 추억이겠지.

2011년 3월 장가계 여행. 할멈의 칠순을 겸해 남쪽 지방의 청하 부근 사람들과 중국 장가계 여행길에 올랐다. 상해의 푸동강 밤뱃놀이를 거쳐 장가계 원가계를 둘러보니 자연의 조화가 사람의 넋을 뺄 만한 경치였고 6km 넘는 케이블카를 타고 천문산 주위를 돌아보고 서호 주변에서 송나라 시대의 풍물을 다루는 고풍스런 옛 중국을 더듬어보는 기회를 맛보게 되었고 황룡동굴에서 석회동굴의 웅장함에 한 번 더 놀랐다.

2015년 남매계 제주 여행. 우리 처가는 자매가 많다. 딸이 넷이고 아들이 둘이다. 여섯 남매의 짝을 합해 12명인지라 12인승 봉고차가 여행에 맞춤이었다. 다른 집안도 남매계를 한다고 떠들고 해도 보통은 얼마 지나지 않아 명맥이 끊기는데 우리는 단결심이 강한지 인정이 넘치지도 않는데 아직도 끝을 모르고 연간 두어 번씩 남매계 모임을 해서 다른 사람들의 부러움을 사고 있다.

　　그래서 내친김에 제주도로 행사의 범위를 넓혀봤다. 때마침 메르스가 유행 중이라 비행기를 타고도 조심을 해야 했고 중강이가 준비해준 리조트에서 늘 다녀본 코스를 그래도 한 바퀴 도는 게 예의니까.

'02 11 2

해외여행이라면 동남아가 일 번지 코스인데 우리는 재수가 없는 형편이었는지 중국 일본을 먼저 관광하고 늦게 동남아로 여행을 계획하고 출발 몇 주 전에 일행 중 환자가 생겨 늦추다 결국 여행을 못하게 되었으나 크게 후회될 일은 아닌 것이 우리 친구 어느 분의 말씀을 인용하면 TV에서 동남아 좋은 관광지를 자주 그리고 많이 봤으니 다 알고 있는 곳을 굳이 돈과 시간을 들여 갈 필요가 무어냐는 것이다. 그 말이 틀린 것 빼고는 다 맞는 말이니 그렇게 생각하면 될 것이었다. 국내 여행은 해마다 2~3회씩 돌아다녀 안 가본 곳이 거의 없을 정도였으니 여행은 그만해도 별 아쉬움이 없다.

경로회장

;

　1994년 들어 마을 경로회장으로 추대되어 임기가 2년이라 별 어려움 없이 회원들을 데리고 1년에 3번, 5월은 국내 여행, 6월은 복드림을 위해 약수터에 다녀오고 섣달그믐엔 목욕탕에 모시고 즐거운 시간을 보내면서 형제들과 이웃들의 많은 도움을 받았고 특히 대구 이말태 군의 지원이 많았고 승환의 친구 창석 군의 지원이 많았다. 말태 군은 옛 어린 시절 그의 아버지가 가보사에서 같이 오래 생활했고 이웃에 살면서 서로 잘 지내는 사이였기 때문에 남다른 정이 있었다. 노인회장을 마치고 이젠 인생의 마지막을 쉬면서 살 생각을 하고 있었는데….

할망 뇌경색

;

　2017년 2월 음력 정월 보름날 새벽에 보름 명절 음식을 준비하러 일어나려던 할망이 맥없이 쓰러져 한쪽 팔다리를 못 쓰기에 위험을 느끼고 일단 영덕 아산병원으로 달려가서 진료를 받아본 결과 뇌경색일 가능성이 많으니 포항 쪽 큰 병원으로 가보라기에 119차를 불러 포항의 성모병원으로 달려가서 응급실에 들러 진찰을 받아본 결과 두뇌 일부의 경색으로 판단되어 해당하는 치료를 받았으나 좌측 부분 운동장애가 일어나고 말도 시원치 않아 입원을 시키고 1주일간 진료를 계속하다 장기 치료가 필요할 것 같아 서울 아이들과 의논하여 2017년 2월 20일 구리 한양대병원으로 옮겼다. 병원 위치와 아이들 거주지와의 거리 때문이었다.

　이미 뇌경색으로 판정된 병이라 특별한 치료가 없고 운동이 주된 치료였다. 2주일쯤 되니 병원에서는 퇴원을 종용했다. 걸음걸이도 시원치 못하고 말도 바르지 않은데 퇴원을 하라니 기가 막히지만 의료 제도상의 문제라 싸울 수도 없고 해서 퇴원하고 부근에 있는 녹색재활병원에 입원을 했다.

　그곳에서도 오전, 오후 4시간 정도의 운동 훈련을 위주로 하고 시간이 흐르다 보니 조금씩이나마 효과가 생겨나기 시작하여 심혈을 기울였으나 병원의 입원 기간 문제로 2개월 후 퇴원할 수밖에 없었다. 재입원을 하려다 집에서도 비슷한 운동의 성과를 거둘 수 있다고 생각되어 고향으로 귀가하여 영덕 서울병원에서 재활 치료를 계속했다.

　그곳 역시 1시간 30분 정도의 물리치료 정도인지라 큰 효과를 거두기는 어렵다고 판단, 6월 5일경 영덕군 시설 헬스 운동장에 가서 운동을 시작해보았다. 운동은 오히려 병원보다 다양했고 시간도 오전 2시간 정도의 몸에 맞춘 운동으로 강도의 조절이 가능했고 환자와 더불어 나도 같이 운동을 할 수 있어 병원처럼 기다리는 고통이 없어 운동하는 분위기가 매우 이상적이었다.

　1주, 2주 계속하다 보니 클럽에 오는 여러 사람들과 자연스럽게 대화가 이루어지고 쉬는 시간도 같이 가지면서 서로 간의 우정도 생겨나 운동과 더불어 살아가는 이야기며 정신적 도움과 음료수 등도 같이 나누는 등 인간관계까지 좋은 방향으로 이어져 운동과 함께 생활 패턴이 좋은 방향으로 이어졌고 나도 젊은 친구들과 오랜 시간 같이 생활하다 보니 하나의 습관으로 발전해서 가끔 가다 술도 한잔 나누고 점심도 가끔 같이하는 아주 친숙한 사이가 되어 누군가 하루 운동에 빠지는 사람이 생기면 서로 염려해주는 아주 친근한 사이가 되어 이럭저럭 2년을 넘어 3년이 가까워지는데 오히려 더 가고 싶은 곳이 되었다.

뇌경색이란 병이 완치가 되기 어려운 병인지라 너무 조급한 생각을 접고 환자와 도우미가 평생을 같이하는 경우라면 환자 된 것이 뭐 그렇게 두려울 것도 없다고 생각하는데 환자 본인 생각을 내가 전부 알 수는 없는 것이고 마음을 편하게 가지는 게 개표 안 한 복권이 아닐까 싶다. 몸과 마음은 늘 같이 가는데 몸이 제대로 따라주지 않으니 신경이 예민하고 때로는 도우미를 슬프게 하는 일도 생기지만 환자라 이해하고 살아가야지.

무릎관절 수술

;

   2017년 연초부터 무릎관절이 문제를 일으켜 할 수 없이 수술을 감행하기로 하고 포항의료원에서 진료를 받은 결과 오른쪽 무릎은 연골이 많이 닳아 인공관절로 수술을 결정했다. 8월 3일 입원하여 수술 준비를 마치고 8월 4일 우측 무릎을 수술하고 1주일간 간병인을 사용하고는 혼자서 입원 생활을 한 후 9월 1일 퇴원하여 11일경 다시 헬스장에 나가 운동을 가볍게 시작한다. 같이 운동하던 젊은 친구들 모두가 반가이 맞아주고 격려해주었다.

   그 후 일요일을 제외하고 매일 헬스장에 나가는 것이 일과가 되었고 그 가운데 영덕 파크랜드 피복점의 김 씨의 커피는 하루도 빠짐없이 성의껏 직접 뽑아 10여 명의 친구들이 고맙게도 매일 10시 30분에 30분씩 쉬는 시간을 만들고 일상의 재미있는 일들을 서로 얘기하는 좋은 다방 구실을 하고 있다.

   아침 9시에서 9시 30분쯤 출발하여 20분 정도 차를 운행하면서 산책 기분을 느끼고 열두 시경 귀가할 때 영덕읍에서 생활필수품을 마트 등에서 구입하여 귀가, 점심 식사 후 1~2시경 낮잠을 1시간 정도 자고 일어나면 몸도 가볍고 마음도 가벼워 매우 상쾌한 일과를 보낸다. 그러다 보니 영해시장 갈 일이 없어져 주 생활권이던 영해 쪽 생활환경은 남의 지역으로 되고 말았다. 소비자가 자꾸 줄어 시장이 오그라드는데 불난 집에 부채질이다.

대장암에 걸리다 말다

;

2015년 포항 속편한내과에서 대장 내시경 검사를 처음 했더니 용종을 17개나 떼어 내고 어린 것은 시간이 모자라 다 떼어 내지 못했다고 의사가 말했다. 대단한 일이긴 해도 2주 후 조직 검사 결과 악성이 없다고 해서 안심하고 이듬해 다시 용종 6개를 떼어 냈다고 했다. 2018년 3월 26일 속편한내과에서 다시 대장 내시경을 검사했더니 3월 30일 용종 중 암세포인 선종을 발견하고 대장암 환자로 등록했다. 나이도 그렇고 암 환자가 되는 건 내리막의 돌이라는 것이다. 등록이 해롭지는 않다면서.

4월 6일 서울 아산병원에 입원하여 CT와 내시경 검사를 하고 임시 조치로 치료를 한 후 암이 자랄 때까지 조금 기다리라는 의사의 지시를 받고 퇴원했다. 속편한내과에서 암 환자로 등록을 해준 바람에 서울 아산병원에서 치료를 받고 있으나 아주 초기에 닦달을 해서 그런지 크게 발전하지는 않고 경계성 종양으로 신경을 쓰고 있는 중이다.

임플란트 시술

;

　사람의 일생에 가장 중요한 다섯 가지 좋은 일을 오복이라고 하고 그걸 다 갖추지 못해도 한 가지 치아만이라도 갖추고 싶어 임플란트 시술에 신경을 쓰기로 했다. 2014년부터 할망과 같이 포항 명진치과에 적을 두고 열심히 상한 치아가 생기면 뽑고 임플란트로 갈아 끼우기로 했다.

　초기에는 매우 비싸 1대에 200만 원 하더니 차차 시술하는 곳이 늘어서 1대 140만 원으로 할망도 10여 대, 나도 14개 정도 갈아 끼웠더니 질기고 맛있는 고기나 여문 음식 먹기에는 이거 정말 와따인데.

　세월이 조금씩 흘러 치아 감당을 제대로 하지 않은 동년배 친구들이 맛있고 질긴 육고기를 먹는 데 애를 먹는 걸 보고 참 잘했다고 생각하는데 사실상 건강 문제도 음식과 밀접한 관계가 있는지라 치아가 나쁜 친구들이 보기가 민망할 만큼 먹는 데 문제가 있는 것이 안타까웠다.

　나는 모든 음식을 없어 못 먹고 안 줘서 못 먹을 정도로 아직 식
욕이 있는 것도 임플란트의 덕이라 믿고 있다. 고로 오복 중 제일
가치 있는 복이라 생각한다.

기억에 남아 있는 일들(두 생명을 살린 이야기)

;

1965년쯤의 5월 말경 보리타작을 하고 있는데 친구의 처가 찾아와서 책을 좀 봐달라고 했다. 그때에는 한문책을 읽을 만한 가정에 가정보감이라는 가정사 모든 일에 대한 규범 비슷한 것을 기록하여 관혼상제에 관한 지침서로 살다가 어려운 일이 생기면 가끔씩 찾아와 물어보고 하는 시대였는데, 무엇 때문에 왔느냐고 물었더니 자기가 임신 중인데 다른 집에 가서 물었더니 딸이라 하여 유산을 하러 갈 참인데 옥이 아버지가 책을 가지고 있다 하니 재확인을 해달라는 것이었다.

그 집은 남편이 외동아들이고 딸을 두 명이나 출산했는데 또 딸이라니 시집 살기 괴로운 처지인지라 책에는 딸이라 하니 유산을 할 수밖에 없다는 것이다. 가정보감 뒤편에 보면 아기 밴 데 남녀 아는 법이라고 적어놓고 예를 들면 20세에는 2, 5, 6, 9월은 아들, 3, 4, 7, 11월이면 딸 하는 식으로 적혀 있었다.

산월이 12월이라 음력으론 11월이니 낳으면 딸로 기록되어 있었고 집집마다 비슷한 책을 가지고 있었으니 우리 집 책인들 아들이 될 일이 없이 딸로 나와 있게 마련이었으나 나는 그것이 허황된 기록인 것을 알고 있었기 때문에 산모에게 이 책은 믿을 수 없고 근거도 없는 책이니 유산을 하되 4개월 후 아기가 8개월쯤일 때 유산을 시도해서 딸이면 눈을 감고 유산을 하는 것이고 아들이면 조산이라도 키울 수 있으니 그때 판단해도 된다고 타일러 그렇게 그해 8월에 아들을 낳아 기른 것이 외동아들이고 그 후 다시 아들을 시도했으나 딸이었으니 그때 내가 유산을 맞장구쳤다면 남의 집에 절손을 유도할 뻔한 일이었다. 요새 같으면 현미경처럼 들여다볼 일을. 그 후로 우리 부근에서는 아이 낳는 데 남녀 아는 법을 믿지 않게 되었다.

그와 반대되는 일이 하나 있었는데 그 다음 해쯤으로 생각된다. 처갓집에서 처숙모가 임신 8개월이나 되었는데 유산을 하러 간다고 삼촌님이 나더러 영덕 가서 유산을 시키고 데려오라는 것이었다. 당시 처숙모는 몸이 약한 편이라 임신 기간 동안 매우 힘들어했는데 늦게는 더 참을 수가 없고 아들이 둘이나 있으니 또 아들 낳지 않아도 되는 처지라 아예 유산을 하고 산모만 살리겠다는 계산이었다.

영덕 산부인과에 데려가 유산을 부탁했다. 당시는 집집마다 아기를 수도 없이 낳던 시절이라 합법, 불법을 가리지 않고 웬만한 병의원에서 유산을 보통으로 여기고 시행했고 우리 마을에서 불법 의술을 하던 여의사도 가끔 하는 일이었다. 숙모가 유산을 시술했는데 아기가 살아서 움직인다고 의사가 어떻게 하겠느냐고 물었다.

유산이란 아기를 버리는 것인데 살아 움직이는 아기를 버린다는 것도 그렇고 숙모에게 집에 데려다 키우자고 설득했더니 그렇게 해보자고 해서 집에 데려다 키운 것이 숙모 내외에겐 제일 효녀로 성장했다.

운명이었는진 몰라도 내 생전에 버리려던 두 목숨이 살아난 것이 내 생각이 보태졌다는 데 다행스러움을 느낀다. 그들이야 죽을 뻔한 시절을 알 수 없는 애송이였으니 고맙다는 얘기를 해야 하는지도 모를 것이고.

잊혀가는 추억들

;

    내가 열 살 미만인 시절에는 한 집에 보통 6~7명의 아이들이 있었고 남아 선호 사상이 보편적인 시대라 남자 아이들이 60% 정도로 집집마다 2~3명, 많은 집은 4명 정도가 있는 집이 많았다.

    그 시절 우리는 학교 갔다 오면 땔감 때문에 산에 나무하러 가는 일이 많았고 저녁을 일찍 먹는 풍조라 봄, 여름, 가을철이면 남자애들은 저녁을 먹고 나면 거의 다 집 밖 모래사장에 나와 끼리끼리 놀음을 하고 시간을 보내다 어두워지면 인심 좋은 어느 집 사랑방에 모여 옛 얘기와 그들만의 놀음을 이어갔으며 궁극적으로 먹는 추렴 문제가 자주 대두되고 쌀이 귀한 시절이라 좁쌀을 한 사람이 5분의 1되 정도의 부담으로 모아 저녁 밤참을 가끔 해 먹는 즐거움을 느꼈는데 반찬은 누군가 눈여겨 보아온 다른 집의 고기나 반찬감을 훔쳐다 먹으면서 스리라는 용어로 합리화하긴 했으나 주인에게 잡히면 변상도 해야 하고 큰 봉변을 당하는 일도 가끔은 있었다. 그래도 아이들의 장난이라고 더 크게 벌어지지는 않는 게 그때의 불문율이었으니 어른들도 옛날 비슷한 장난을 경험했던 분들이기 때문이었으리라.

지금의 아이들은 문명의 혜택인지 불행인지는 잘 모르겠으나 우리 아이들 시절부터 전자오락기가 나타나서 기계와 혼자 마주 앉아 게임을 하는 현상이 생겼고 전부가 대학을 가려다 보니 시험 준비, 공부하느라 학원에 가기나 혼자서 공부를 해야 하는 외톨이 생활을 거부감 없이 받아들여 생활하게 되어 또래끼리의 오락이나 모임 등의 단체 활동이 거의 없는 생활을 하고 있지만 내가 자라던 시절에는 옆집 앞집 또래 아이들도 많았고 놀 곳은 없는 때라 같이 모여 공동 운동이나 놀이를 하면서 자랐는데 지금 생각해보니 그 시절에도 게임이나 놀이 방법들이 매우 많아 여기에 몇 가지 적어보려 한다.

1. 딱지치기, 일명 빤조

후일에 알게 된 딱지치기 놀이가 우리가 어릴 땐 빤조라는 일본어 비슷한 용어로 통했다. 빤조의 재료는 지금으로 보면 박카스 박스 정도의 두꺼운 박스 종이를 지름 4~5㎝ 정도로 원형이나 사각

형으로 잘라 여러 장씩 쥐고 상대와 지금의 딱지치기처럼 원반에서 밀어내거나 상대를 뒤집어지게 하거나 빤조가 상대 빤조의 밑으로 파고들면 따먹는 놀이인데 요새는 집집마다 박스가 넘치지만 그때는 동리를 돌며 찾아도 찾기가 어려운 것이 어쩌다 생기는 빈박스는 가정의 요긴한 저장고로 쓰였기 때문이었다. 종이로 접는 빤조도 늦게는 많이 만들었다.

빤조 치는 상대로는 광대나 종진이 등 이웃집에 사는 내 수하들이 많아 항상 그들의 딱지를 내가 몽땅 따먹어버리고 나면 어떻게 구해 오는지 엽전 등의 동전이나 먹을 것을 가져오면 적당히 딱지를 팔아 재미를 보던, 옛날엔 나의 재미있는 부업이기도 했다.

2. 나무 작치기

잦치기라고도 하는데 직경 30㎝ 정도의 원을 땅에다 그리고 나무로 만든 15㎝ 정도의 양 끝을 어긋나게 빗은 직경 1.5㎝쯤 되는 나무를 입에 물거나 턱과 가슴으로 눌러서 원 안에 떨어뜨려 작은 작치기 나무가 원 안에 떨어지면 3번을 때릴 수 있고 원의 선에 걸치면 2번, 원 밖에 나가면 1번을 끝을 쳐서 튀어 오르면 길이가 40

㎝ 정도 되는 작대기로 튀어 오른 나무를 쳐서 멀리 가게 하는데, 거리를 50~70미터 정도 정해놓고 먼저 도착하면 이기는 게임이었다. 그런데 작대기를 쳐서 튀어 오른 작은 작대기를 손으로 잡으면 바로 뛰어가서 목적한 지점에 도착하여 이길 수 있는데 튀어 오른 나무를 손으로 잡는 것을 항상 경계하는 상대에게 잡히면 게임이 끝나고 상대가 게임을 다시 시작하게 되는 것으로, 두 사람이 할 수 있는 게임인 것으로 자주 해보던 놀이였다.

3. 못치기

우리가 어린 시절엔 거의가 못치기를 하면서 놀았다. 못이 별로 없던 시절인데 어디서 구해 오는지 아이들은 보통 10~20자루를 손에 들고 마을 구석구석을 돌면서 못치기를 했고 못은 몇 개가 아니고 몇 자루라는 단위를 썼다.

지금 애들은 못치기를 어떻게 하는지조차 모르겠지. 못 끝을 망치로 두드려 끝을 아주 뾰족하게 만들고 못 머리는 손을 갉아먹지 않도록 두드려 오른손 엄지와 검지 사이에 끼워서 팔을 높이 들고 아래로 힘 있게 내리꽂으면 팔 휘두르는 소리가 휙휙 하고 날 정도로 속도가 있어야 못이 굳은 땅에 꽂히는데 땅에 30㎝ 정도의 원을 그려서 놀이하는 것이 대부분이고 경계도 없이 하는 경우가 있는데 원을 그리는 것은 원 안에 못을 꽂다 넘어지면 누운 못을 팅겨내면 따먹는 것이고 내 못이 꽂히면서 상대가 꽂아놓은 못을 쓰러트리면 상대의 못을 내가 따먹는 놀이인데 마을 골목마다 못치기를 하는 놀이가 있었고 집에는 따 온 못을 감추어두는 곳이 있었다.

자주 못을 치다 보면 손 엄지와 검지에 손이 닳아 피가 나는 일도 있었으나 헝겊으로 감싸고도 부모님의 걱정을 모른 체하며 계속했으니 그 재미 또한 대단했으리라. 부모님 들은 손에 피가 나는 아이들에게 못을 못 치게 말렸으나 지금 아이들이 핸드폰을 놓지 않으려 하는 것과 비슷했으리라.

4. 탄피치기

탄피치기는 6·25 사변 후 전투 고지에 가서 탄피를 주워 오는 데서 시작했다. 소총 탄피를 수십 개씩 모아놓고 아이들이 이걸 따먹는 놀이가 시작되었는데 약 2미터 앞에 직경 30㎝ 정도의 원을 그리고 그곳에 몇 명이 몇 개씩의 탄피를 놓아두고 돌아가면서 거기

놓인 탄피를 손에 쥐고 던지는 탄피에 맞아 원 밖으로 튀어나오는 것을 자기가 다 먹는 놀이인데 그러다 보니 손에 쥐고 던지는 탄피가 무거워야 많이 튕겨낼 수 있다 보니 탄피 안에 모래나 납을 녹여 부어서 던지면 많은 탄피가 튕겨져 나가는 재미로 한때 유행하던 놀이였으나 고물상들이 탄피를 사 가는 바람에 귀해져서 이 놀이는 몇 년을 가다 없어지고 말았다.

5. 공기놀이

우리가 어린 시절에는 여자들뿐 아니라 남자애들도 돌 공기놀이를 많이 했는데 주로 알만 한 돌 5개를 가지고 여러 형태의 놀이를 했다. 주로 많이 받고 멀리 튕기는 등의 보편적 놀이였다.

6. 땅따먹기

땅따먹기는 지금의 형태와 비슷하지만 그때는 처녀들과 총각들이 끼리끼리 어울려 지루함을 달랬던 것으로 생각한다.

7. 말타기 놀이

　여러 명이 두 패로 갈라서 가위바위보로 지는 팀의 한 명이 서고 다른 사람들은 서 있는 사람의 다리 사이에 머리를 박고 4~5명이 쭉 늘어서 엎드려 있으면 이긴 팀이 멀리서 뛰어 말을 타기 시작하는데 앞의 놈이 멀리 뛰지 못하면 나머지 사람들이 타고 앉을 자리가 없어 땅에 떨어지면 진 걸로 해서 교대로 말이 되는 것인데 다 타게 되면 앞에 탄 사람과 서 있는 마부와 가위바위보를 해서 지면 반대로 엎드리고 이기면 다시 뛰어 말을 타는 놀이로 엎드린 말 중 약한 놈을 골라 집중적으로 무거운 놈이 뛰어 누르면 말이 꺼꾸러지는 현상이 생기고 이것은 매우 즐거운 놀이로 다시 말을 타는 재미가 생기는 것이다.

8. 씨름

우리 집이 마쪽(남쪽) 끝 부근이라 집 앞은 온통 모래 펄이었다. 여름이면 저녁을 일찍 먹고 모래사장에 나와 노는데 심심하면 나이 많은 형들이 아이들 씨름을 시키곤 했는데 상대를 이긴다는 자부심도 생기고 지고 나면 이겨야 한다는 복수심도 생기고 해서 다시 또 하게 되고 그러다 보니 다른 사람들이 잘하는 장기도 보고 배우기도 한다. 샅바 씨름에는 배지기가 매우 효과적이라는 걸 알게 되고 그 후 나는 여러 번 배지기 효력을 써먹은 일이 있었다. 우리가 어린 시절엔 씨름 행사가 별로여서 그냥 재미로 큰 형들이 시키면 어쩌지 못해 해온 씨름이었던 것 같다.

9. 평행봉

내가 학교 다닐 적엔 마을마다 입구에 평행봉이 설치되어 있었고 우리 마을에는 4개 이상이 마을 어귀에 있었다. 그 시절엔 깡패라는 문화가 시작됐고 지역마다 어깨라는 건달들이 또래들을 모아 불량배 비슷한 조직을 만들고 평행봉 운동을 하게 했다.

평행봉을 많이 하면 어깨가 넓어지고 팔에 알통 근육이 눈에 띄게 생기고 가슴이 여자 가슴처럼 튀어나와 매우 야무지게 생기는데다 평행봉 주변에는 태권도의 격파 운동을 하는 주먹 다지기를 세워 새끼줄을 감고 권두가 튀어나오게 피나는 운동을 하는 것이 보편적 현상이었고 또래들이 모이는 시간엔 영덕 영해 등지의 중고등학교에 다니는 학생들의 정보를 통해 포항의 깡패 두목 아무개가 누구를 눕혔고 영덕 어깨 아무개가 강구 어깨 누구를 눕혔다느니 정확치 않은 풍문을 들으며 자신의 어깨를 으쓱거리는 아이들이 많았지만 진짜 깡패로 진출한 우리 친구는 나타나지 않았다. 젊은 시절의 웃기는 어깨들의 꿈인 것 같다.

10. 작살질

작살이란 물속 바위 옆에 붙어 사는 고기를 찌르는, 침과 같은 도구를 말한다. 대나무 끝에 굵은 철사로 미늘을 만든 침으로 1개에서 2개, 3개, 5개짜리를 시대에 따라 만들어 노래미, 꺽지, 망상어, 고래치(표준어는 괴래치) 등의 연안 고기를 잡기 위하여 1.5m 정도 길이의 대나무 앞에 창살을 꽂고 뒤에 고무줄을 달아서 길게 늘였다 놓으면 고속으로 고기를 향해 날아가 찔러 잡는 것이다.

초여름부터 늦여름까지 학교를 마치고 귀가하면 이웃 친구들 4~5명이 매일 바다에 나가 작살로 고기를 잡아 집에서 반찬을 하고도 남아 시장에 팔기도 했던 신나는 놀이였다. 작살질을 하려면 깊은 바닷속으로 내려가 오랫동안 호흡을 참으며 이곳저곳으로 고기를 찾아다닐 만큼 숨이 길어야 했다. 물속에 잠수를 해서 호흡을 오래 참는 걸 숨이 길다고 했다.

물속에서 잠수를 오래 하고 몇 년간 작살질을 하던 우리 친구들은 대개가 숨이 길었다. 계속된 훈련 덕분이리라. 마쪽(남)과 세쪽(북) 아이들은 서로 모이고 노는 환경과 생활 방식이 약간은 차이가 있었는데 우리 쪽 아이들은 대개가 작살질을 잘해서 세쪽 짬(물속 바위)에 고기를 잡으러 갔다 올 때는 3~4명이 잡은 고기를 한데 모아 묶어서 수백 마리의 고기를 목도처럼 메고 우쭐거리며 뽐내고 마쪽으로 걸어가면 세쪽 애들은 부러운 듯 바라보는 것을 우리는 자랑처럼 여기고 다닌 적도 있었다.

11. 축구와 찌부

축구란 공을 발로 차는 경기란 것을 삼척동자도 다 알지만 찌부란 말을 아는 사람은 별로 없을 줄 안다. 축구는 오래전부터 행하여온 경기였는데 우리 마을은 장가불(긴모래주변)이라는 남쪽에 넓고 긴 모래벌판이 있어 뛰어다니기는 좀 불편해도 공간이 넓어 젊은이들이 많이 사용해온 축구장이었다.

광복 전에는 축구공이 없어 볏짚으로 공처럼 둥글게 뭉쳐 새끼줄로 엮어 공을 대신했고 신발은 짚신이 대세였기에 우리 아버지는 하루 2켤레의 짚신을 못 쓰게 할 만큼 축구를 즐기다 할아버지에게 크게 꾸중을 들었다는 말을 할머니께 들은 기억이 있다. 우리가 아이들일 때는 주먹만 한 고무공이 있어 그걸 모래 위에서 차고, 뛰기란 힘들었어도 신나는 운동이긴 했고 뒷날 마을의 축구팀을 만들어 외지로 축구 시합을 다니는 계기가 된듯하다.

찌부란 지금의 야구를 얘기하는데 그땐 일본식 발음이나 용어가 아니었나 생각한다. 한 팀이 4~5명이고 3개의 터치 점을 밟고 돌아 홈인하는데 투수가 상대 팀이 아닌 공격 팀으로 타자가 공을 치기 좋게 던져주어도 잘 치고 나간 타자가 별로 보이지 않은 것은 역사가 짧았고 숙련도가 낮은 결과가 아니었나 생각한다.

12. 얼음지치기

내가 어릴 적엔 큰골 골짜기 논에는 겨울이면 항상 물을 담아두고 있어 얼음이 두껍게 얼어 스케이트장으로 아이들의 좋은 놀이터가 되고 있었고 어린애들은 앉은뱅이 스케이트를 탔고 나이가 좀 든 아이들은 발 스케이트를 탔는데 두 발로 타는 걸 몰라 한쪽 발에 스케이트를 신고 그래도 신나게 달려 얼음 위를 달리며 집에 갈 생각도 없이 종일 얼음 위에서 뛰놀다 늦게 집에 들어가 꾸중을 당하던 시절도 있었지만 아무리 꾸중을 들어도 그렇게 신나는 얼음지치기를 그만둘 수가 있을 일인가.

우리 아이들 때는 아이들 거의가 다 중학교 이상 학교에 가서 공부에 치중하거나 아니면 학원 사이로 아이들 데리러 부모들이 바깥으로 나갔지만 내가 아이 때는 놀이를 하다 해 지는 줄 모르는 아이 찾아 바깥으로 나가는 부모들이 거의 없었으나 다 제자리를 찾아 집에 들어갔고 꾸중 속에 맛없는 찬이라도 많이 주는 것이 그날의 행운이었던 것 같다.

중학교나 그 이상의 학교를 갈 수 없었던 많은 아이들이 젊은 한때 운동으로 시간을 보내는 일은 공부에만 매달리는 요즈음과 달리 바깥 놀음이 훨씬 많았기에 몸과 마음의 여유와 이해, 그리고 단결력이 지금 아이들보다 좋았던 걸로 기억한다.

　그 외 제기차기와 숨바꼭질 등 지금은 하기가 무척 어려운 놀음
도 내가 아이 때는 모여 노는 아이들이 많았기 때문에 조금쯤 선
배인 놈의 리드가 있다면 놀이는 늘 가능했다.

세시 풍속

;

　지금은 거의 없어지거나 있어도 매우 쇠약해진, 내가 어릴 때의
세시 풍속을 적어보고자 한다.

1. 세배 행사

　세배란 설에 부모님이나 마을의 연로하신 분들에게 인사하는 행
사인데 지금은 거의가 자기 집 부모나 가까운 친인척에 한하는 걸
로 되고 있지만 내가 어릴 적엔 세배 행사는 마을의 큰 행사였다.

　그때는 나이가 60만 되어도 상노인으로 받들고 존경했고 어른들
의 차림새도 길게 기른 수염에 상투를 하고 아주 나이가 많아 보
이는 한복에 긴 담뱃대를 들고 다녔다. 설 명절이 되면 조상을 모
시는 각 집에 제사를 올리고 나이가 많은 집안 어른들께 젊은 청

년과 아이들은 모두 세배를 드리고 만수하시라고 덕담을 하면 세배를 받으신 분은 나이가 많은 젊은이들에겐 올해는 꼭 장가를 가라는 덕담을 하고 아이들에겐 공부를 잘해서 상을 받으라는 덕담을 내리곤 했다.

지금도 이 행사가 집안 어른들에게는 그대로 이어지고 있지만 내가 어릴 적엔 나이가 많은 집 노인은 세배가 오히려 귀찮을 정도로 마을의 젊은이들이 세배를 오기 때문에 아예 주안상을 차려놓고 젊은 아들이나 며느리가 세배 오는 손님들께 술상을 차리고 시중드느라 큰 고역을 치르는 일이 오후까지 이어지는 경우가 많았다. 우리 마을은 호수가 많으니 젊은이들도 많았고 세배는 계속 오니 문을 닫지도 못하고 나이 많은 부모를 둔 자손들은 매우 힘들고 부담스러웠겠지만 부모에 대한 효도의 길이니 피할 수도 없는 일이고 세배를 하러 간 우리 비슷한 꾼들은 절 한 번 하고 술과 안주를 얻어먹을 수 있으니 주인이야 고생을 하든 알 바 없이 떼를 지어 다니는 것을 큰 효도하는 행사로 꾸미고 다녀도 모든 사람이 인정하는 세배 행사였는데 지금은 그러한 풍경을 볼 수가 없으니 시원하기도 하지만 옛 일들을 생각하게 만들기도 한다. 옛 설날은 세배 행사가 길어 마을의 별다른 행사는 별로 없었던 것 같다.

2. 정월 보름

정월 보름은 매우 행사가 많은 명절이었다. 첫째가 찹쌀밥을 해서 조상에 대접하고 나누어 먹는 일인데 찹쌀밥을 하기 위한 행사가 보통이 아니니 말이다.

찹쌀밥을 하려면 농갓집 머슴이 보름 전날 마르고 잘 타서 연기가 거의 나지 않을 보드라운 나무를 일곱 짐을 해 오고 일곱 그릇의 찰밥을 얻어먹는다는 속설이 있다. 200세대 가까운 마을엔 대농이라는 농사가 많은 집이 몇십 집은 되는데 남보다 일찍 찹쌀밥을 지어 조상에 대접해야 복을 받는데 밥을 지을 수 있는 시간이 동리 제사를 지내고 난 다음에 밥을 지어야 하기 때문이다. 동리 제사가 끝나지 않고 밥을 지으면 옛 표현대로 축을 맞아 가정에 불행이 오기 때문이다.

집집마다 염탐꾼을 두어 동리 제사가 언제 끝나는가 살피다가 동리 제사가 끝났다는 정보를 입수하면 그길로 마을 제당에서 관리하던 조상 대접하는 우물에 가서 그 물을 길어다 밥을 지어야 조상이 복을 내린다는 풍속 때문에 집집마다 긴장을 하는 게 당연지사였다. 그리고 밥 짓는 연기가 나지 않는 나무로 때는 이유는 옆집이 내가 밥 짓는 연기를 보면 따라 하기 때문에 아무도 모르게 나만 일찍 지어 복을 많이 받으려는 경쟁인 것이었다.

좀 과욕인 것 같지만 그때 사람들의 신을 의지하는 생활 방식인 것을 어찌하랴. 보름에는 달 보는 행사가 큰 비중을 가지는데 우리 마을은 바다에서 뜨는 달을 어느 곳에서나 같은 시간에 볼 수 있기 때문에 달을 보기 위해 산에 오르는 등의 행사는 없었고 방파제에 나가면 달이 보이니 큰 고생 없이 보름달을 일찍 보는 혜택은 있었으나 차 타고 수십 리를 달려와서 달을 보고 기뻐하는 큰 재미는 모르는 편이었다.

보름 전날 밤의 행사로 보리타작 행사가 있었는데 농사를 많이 짓는 농가에서는 보름 전날 마당에 설치된 퇴비장에(옛날엔 집집마다 마당에 퇴비장이 있었음) 보리, 벼, 수수 등의 곡식을 만들어 퇴비장에 꽂아두고 청년들과 아이들이 밤에 타작 행사를 기다리고 있었다.

벼와 보리 이삭을 만드는 재료는 마른 수숫대의 껍질을 벗겨 속대를 보리 이삭만 하게 자르고 수수 껍질을 잘라 보리 수염처럼 꽂으면 꼭 보리 이삭처럼 되고 벼는 수수 껍데기로 수수 속을 적당히 끊어 꽂으면 벼 이삭이 되며 수수는 알을 털어버린 수수 이삭을 그대로 퇴비장에 꽂아놓고 시간을 기다리다 타작꾼들이 타작 놀이를 하면 탁주와 먹을 것을 나눠주는데 그걸 얻어먹는 재미와 타작 놀이의 재미에 빠져 우리 또래와 형들이 손꼽아 기다리는 행사였다.

보름날 낮에는 처녀들이 집집을 돌면서 찹쌀밥을 얻어 와서 디딜방아가 있는 집 방아 다리 위에서 얻어 온 찰밥을 나누어 먹는 행사가 있었는데 그렇게 하면 일 년 동안 발에 가시가 박히지 않는다는 속설이 있었기 때문이기도 하다. 그때는 처녀들이 맨발에 고무신을 신다 보면 가시에 찔리는 일이 가끔은 있었다. 보름 아침 조상에 찹쌀밥을 대접하고 온 식구가 아침을 들면서 탁주 한잔을 권하는 풍습이 있었는데 그것을 귀밝이술이라 했다. 귀밝이술 한잔을 마시면 일 년 내내 좋은 소리만 귀에 들린다는 속설이 있었고 그게 그렇게 되든 안 되든 아이들도 한잔 얻어먹고 얼굴이 불그레해지는 일도 있었다.

정월 보름 저녁이면 대체로 마을 줄다리기를 했는데 저녁 해 질 녘이 되면 세쪽(북쪽)과 마쪽(남쪽)이 갈려 긴 줄을 펼치고 줄다리기를 시작하면 적극성이 많은 사람들은 집집을 돌면서 우리 쪽이 이겨야 한다며 사람을 동원하고 온 동네가 난리가 난 듯 들뜨고 즐겼는데 세쪽이 이기면 고기를 많이 잡게 되고 마쪽이 이기면 농사가 풍년이 온다는 속설이 있어 내가 어릴 때는 농사를 위해 마쪽이 주로 이기는 편이었으나 어업이 성행한 후에는 세쪽이 이기는 것을 기정사실로 한 행사였다.

이럴 때는 풍물이라 해서 북, 장구, 꽹과리, 소북과 징이라는 모든 장물을 동원해서 동리가 떠나갈 듯 큰 소리를 내며 춤을 추고 집집이 추렴을 해서 많은 성금을 모금한 일들이 있었다.

3. 영등제

음력 2월 1일은 내륙에서는 보통날이지만 해변 마을은 영등할머니가 내려오는 큰 명절이다. 영등할머니가 떡을 좋아하는지 1년 명절 중 떡을 제일 많이 하는 명절이었다. 수수떡, 찰떡, 귀떡, 섬떡 등 아무리 가난한 집이라도 1말 정도의 곡식으로 여러 가지 떡을 해 온 것 같다. 귀떡이란 쌀로 빚은 귀 모양을 한 떡이고, 섬떡이란 귀떡을 어른 주먹보다 크게 만든 귀떡인데 집안의 남자 수만큼만 만든다.

영등할머니는 고기잡이하는 일에 흉풍을 점지해주는 할머니라 내륙에서는 모시지 않으나 해변 마을에서는 대단히 모시는 할머니인데 음력 2월 1일 내려와 2월 15일 승천하실 동안 부엌에 고기나 나물 등을 걸기 위해 매달아놓은 갈퀴에 앉아 15일 동안 기다린다는 것이다. 그래서 맛난 고기나 귀한 나물이 생기면 갈퀴 쪽을 향해 고개를 숙이고 인사를 한 뒤 영등할멈이 앉아 있는 갈퀴에다 걸어 모은 뒤 음력 2월 15일 새벽 갈퀴 밑에 음식을 차려놓고 소지라는 얇은 한지로 불을 붙여 소원을 비는데 식구 전원의 액땜을 면하고 고기도 많이 잡고 집안의 화평을 기원하는 행사를 가정주부가 행하는 것이다.

"영등할머니 올해는 큰딸이 시집을 가야 하는데 돈이 많이 필요하니 고기를 많이 잡게 해주시고 중학교 졸업하는 개똥이 고등학교 합격을 부탁드리고 온 집안이 아픈 사람 없이 한 해를 지내도록 할머니께 비오나니 우리 집에 많은 복을 내리시고 승천하셨다가 내년에 다시 내려오소서 비옵나이다…"

그런데 영등할미가 내려왔다 올라가시는 보름 동안 갈퀴에 걸어놓은 문어나 붕장어, 미역 등 맛있는 물건이 간혹 없어지는 경우가 생기는데 그 갈퀴에 걸어놓은 음식을 내려 먹으면 입이 부르튼다는 속설이 있어 간이 약한 사람은 훔쳐볼 생각을 못 하는데 세상에는 막히면 뚫는 법이 있는지라 어른들이야 점잖게 보고 그냥 지나가지만 아이 적 우리 또래가 그걸 그냥 영등할미에게 빼앗길까 저녁에 몇 놈이 작당해서 맛있게 걸어놓은 고기를 훔치기로 작정하면 남의 집 부엌에 몰래 들어가 야옹 야옹 하고 고양이 소리를 내고 영등 고기를 내려 오면 입이 부르트지 않는다는 약은 비방을 얻어들은 대로 시행하고 그것들을 훔쳐 먹은 일이 더러 있었지만 그것이 우리들뿐이었겠나. 우리 아버지 시대에도 있던 일들이라 들은 적이 있었으니….

음력 2월이면 북서풍이 많이 불고 해서 우리 마을에서는 연날리기를 많이 했다. 어릴 때는 아버지가 만들어주는 삼각연을 많이 날렸고 좀 커서는 스스로 큰 문연을 만들어 또래들과 겨루고 연줄 싸움에 연을 잃어버리기도 하고 동네 산 나무에 걸려 연을 찢어버리기도 하면서 바람과 더불어 신나게 뛰어놀던 때가 어렴풋이 그려지기도 한다.

4. 사월 초파일

사월 초파일은 부처님 오신 날로 나이가 든 어른들은 절에 많이 다니는 편이었지만 우리는 꽤 늦은 때까지 용바위 놀이를 했다. 용바위 놀이란 오매와 석동 사이에 있는 바위 이름으로 옛날 용이 그 바위 중간을 거처 바다로 나갔다는 전설이 있었고 용이 기어간 듯한 깊게 파인 굴길이 바다로 향해 있어 모두가 그것이 용이 바다로 간 길이라고 얘기했고 맞든 틀리든 상관없이 그곳에 넓고 평평한 바위에 놀기가 좋아 한 번 두 번 사람들이 놀러 가다 보니 이름난 유원지가 되어 사월 초파일이 되면 대진에서 금진까지 10여 개 해안 마을에서 배를 타고 처녀 총각들이 모이기 시작했고 술과 음식을 가져와 먹고 마시고 신명을 떨치다 서로 다투는 일도 생기며 그래도 이웃 마을 처녀 총각의 교류하는 눈 맞춤도 있었는데 얼마나 짝을 찾았는지는 모르고 몇 년을 그렇게 극성을 부리다 우리 또래가 커지고 처녀들이 시집갈 처지가 되고부터 시들어지기 시작하더니 나중엔 한 시절 젊은이들의 푸른 추억을 남기고 고요한 바다의 옛 용바위로 돌아간 듯했다.

5. 단오

단오는 음력 5월 5일로 모내기 직전이고 밭농사 일이 많아지는 시절이기에 한 번 쉬어 가는 명절이기도 하지만 우리 마을엔 동회를 열고 농사일 품팔이하는 사람들의 노임을 결정하고 낮이 되면 처녀 총각들이 마을 어귀에 있는 당나무 가지에 그네 줄을 매고 그네 뛰는 대회를 열어 고무신 등을 상품으로 주는 행사가 있었는데 높은 그네 줄에 올라 앞뒤로 흔들면서 그네 뛰는 사람들의 신나 하는 모습을 보는 계기가 되기도 했으나 미역 인공 양식이 시작되고부터 일이 많아져 자연스럽게 그네 뛰는 행사도 줄어들더니 이젠 옛 추억으로 남은 일이 되었다.

6. 약물 먹기

음력 6~7월이면 삼복이 오는데 예전에는 복날에 집에서 기르던 개를 많이들 잡아 복달임을 해서 복날 개 패듯 한다는 말이 생길 정도였는데 내가 총각 시절엔 개보다 약물 먹으러 가는 행사가 더 유명하고 재미가 있었다.

어른들도 가끔은 몸이 체한 데 좋다고 약물을 먹으러 가는 일도 가끔은 있었지만 우리 젊은이들은 큰 놀이 행사로 이날을 기대하는 것이었다. 보통 7~8명의 처녀들과 그와 비슷한 수의 총각들이 술과 안주는 물론이고 약물을 많이 먹기 위해 먹으면 갈증이 생기는 간식으로 밀에 사카린을 넣고 볶아서 약물 샘이 있는 한실과 진밭이라는 묘곡까지 30여 리나 되는 산길을 가면서 볶은 밀을 먹으며 노래도 부르고 신나 하던 처녀 총각들의 도보 여행이 해마다 기다림 속에 이루어졌고 약물 먹는 샘 주위에는 여러 동네에서 온 건달 비슷한 청년들과 때로는 편싸움을 벌여 치고받고 도망가고 터져서 피를 흘리는 웃지 못할 일들이 시간이 지난 뒤엔 모두 자기가 다른 놈을 혼을 내줬다는 무용담으로 만들어지는 일이었지만 그 시절은 외지 여행도 없고 젊은이들의 청춘을 펼치는 무대가 아니었나 싶다.

그렇게 맹렬히도 뽐내고 설치던 아까운 그 처녀 총각이 어디론가 거의 다 숨어버리고 남아 있는 몇몇은 보행기에 의지해 마지못해 움직이는 아, 슬픈 현실이여….

7. 추석 들 구경

옛날은 아니었지만 내가 어린 시절 추석에는 들구경이라는 행사가 있었다. 마을에는 아이들이 군것질하는 것이라고는 집에서 고아 만드는 엿을 파는 집이 큰 마을인 우리 동네에는 한두 집이 있었고 그 외에 다른 군것질거리가 없었기 때문에 남의 밭 콩을 꺾어 구워 먹는 일이나 밀을 베어 마른나무를 모아 불을 붙이고 구워 먹는 밀쌀 등이 고작이었다.

그런데 추석 다음 날 염장 논들에 길게 자리 잡고 각종 먹거리 장사들이 난장(바깥에 나가서 펼치는 시장)을 펼치고 감이나 찐 고구마와 과자, 빵 등 시골 마을에서는 구경 못 할 먹거리들을 잔뜩 차려놓고 논에 익어가는 벼를 구경하러 간다는 군중을 이용해 임시 시장이 벌어지게 되고 시장에 잘 못 가는 처녀 총각들이 용돈을 구해 끼리끼리 뭉쳐 들구경을 가는 것이다.

논 한 뙈기 없는 젊은 청춘들이 남의 논의 벼가 익든 말든 무슨 관심이 있으랴만 푼돈을 모아 먹거리를 사서 모여 앉아 시원한 들판에서 떠들어가며 먹는 광경은 그리 나쁜 편은 아니었다. 특히 시장 구경조차 못 한 계집아이들에게 먹거리 시장 구경은 한번 해보고 싶은 광경이었으리라. 그 유명스러웠던 들구경이 마을마다 슈퍼라는 간판을 단 점포가 생기고 나면서 슬며시 운명을 다하는 행사가 되었다.

8. 축구대회와 콩쿨대회

우리 또래 청년들이 1년에 한 번씩 마을 대항 축구대회와 매년
은 아니지만 가끔씩 콩쿨대회를 열어 마을 사람들을 기쁘게도 하
고 짜증나게도 한 일을 자주 했다. 여러 사람이 모여 나름대로 장
기를 보이는 구경과 서투른 노래로 좌중을 웃기는 즐거움도 있었
지만, 축구대회에 여러 마을의 청년들이 몰려오면 그 마을에서 시
집온 여인들의 친정 마을 식구들을 몰라 할 수 없는 부담 때문에
은근히 대회를 신랑을 통해 방해하려는 일도 있긴 했지만 이를 알
아도 청년들의 해보겠다는 결기를 막지는 못했던 것 같다.

콩쿨대회는 시골 마을마다 추석 무렵이면 한 번씩 무대를 차려
놓고 노인들을 모아놓고 맞는 말도 틀린 말도 자기들 마음대로 떠
들면서 문화인인 척했고 뒤편에서 4~5명이 심사위원이랍시고 가창
력이니 음정이니 전문가처럼 제멋대로 아는 놈 점수 한 점 줘가며
권위를 자랑하던, 추억이 서린 우리들만의 행사였고 지금은 그런
어설픈 기획이나마 아무도 할 수 없도록 TV가 너무 끌고 가는 바
람에 나이가 서쪽 하늘의 반달처럼 얼마 남지 않은 우리들의 역사
가 되어 이렇게라도 적어놓지 않으면 누가 그 사연을 이야기해줄
수 있을까 싶다.

그때는 그래도 우리는 신식 청년이라고 나이 든 어른들의 얘기를 듣는 듯 마는 듯 귓전으로 흘리며 어깨를 흔들었지만 지금 세상에선 코흘리개 초등학생조차 폰으로 게임을 하고 할아버지 얘기쯤 원시시대 자장가로 생각을 하니 앞으로는 어떠한 시대가 올지 궁금하지만 버틸 힘이 있어야지.

궁금한 채로 눈을 감을 수밖에….

인생 이야기를 끝내며

한 인간의 생애를 돌이켜보니 어느덧 한 세기가 가까워져 가고 있구나.

일제 강점기에는 그다지 살아본 경험이 없었고 다만 초등학교 입학하고 3개월 만에 해방이 되었으니 특별한 기억은 없으나 해방 바로 전에 동해에서 미군기가 일본 상선을 공격하는 장면이 아직도 눈에 선하게 보일 뿐이다.

그 후 6·25 전쟁을 겪으면서 다행스럽게도 이 땅을 지켰고 나 역시 입대하여 나라를 지키는 일에 남들처럼 힘을 보태었다. 5·16 군사혁명으로 먹고사는 문제가 개선되고 이상하리만치 초라한 초가를 걷어내고 슬레이트로 갈아 덮어 사람이 살 만한 공간을 마련한 것, 내가 못 배운 교육을 자식에게는 물려주지 않으려고 안간힘을 쓴 지난 시절이 주마등처럼 눈앞을 스치고 힘겹게 서로 도와 새로운 세상을 만들기 위해 밤낮으로 같이 의논하며 다투던 동기며 친구들의 모습이 하나둘 머릿속에서만 떠돌고 있구나.

이젠 하늘나라라는 좋은 곳에 가 있긴 하겠지만 인간의 일생이
란 지나고 보니 그렇게도 많은 시간과 일들이 어제인 것처럼 아련
하게 떠오르는구나. 나도 곧 그들과 같이하는 시간이 자꾸 다가오
는 것 같아도 이제 충분히 견뎌왔으니 그들과 같이 푹 쉬는 것도
해롭지 않으리라….

동화 같은 얘기지만 다음 세대에 다시 태어난다면 젊은 시절 식
구들의 밥 때문에 아쉽게도 접어야 했던 사법고시를 꼭 도전해보
고 싶구나. 대학을 나오지 않아도 예비고시를 치르고 본고시를 치
를 수 있다 해서 육법전서며 기타 법률 서적을 끄적이다 식구들의
배고픔이 눈에 어른거려 몇 년이 걸려서 될지 안 될지도 모를 꿈을
거두어 오늘에 이르렀다.

그걸 계속했다면 오늘의 우리 식구와는 다른 형태의 삶을 살아왔을 것이고 지금 이 글을 쓸 일이 없었겠지만 나는 불확실한 상념의 세계보다 확실한 지금의 내 인생에 만족한다. 내 가족과 내가 아는 사람과 내가 모르는 모든 사람들의 앞날에 축복이 있기를 기원하며 붓을 놓겠다.

경상북도 영덕군 축산면 경정동 309번지

1938년 3월 9일생

김병철 씀